Sigrid Heuck

Die Großstadtprinzessin

OMNIBUS

DIE AUTORIN

Foto: © privat

Sigrid Heuck wurde 1932 in Köln geboren. Sie ließ sich zur Grafikerin ausbilden und kam erst über die Illustration zum Schreiben. Inzwischen ist sie eine der bekanntesten deutschen Bilder-, Kinder- und Jugendbuchautorinnen. Ihre Werke wurden in zahlreiche Sprachen übersetzt und mehrfach ausgezeichnet.
Seit vielen Jahren lebt sie auf einem alten Bauernhof bei Bad Tölz in Oberbayern.

Von Sigrid Heuck ist bei OMNIBUS erschienen:

Cowboy Jim (26005)
Cowboy Jim im Wilden Westen (26013)
Cowboy Jims Wildwest-ABC (26019)
Petah Eulengesicht/Long John Tabakstinker (20104)
Western-Lizzy (26018)
Windmähne (20475)

Sigrid Heuck

Die Großstadtprinzessin

Märchen, Geschichten und Gedichte

Illustrationen von
Daniele Winterhager

THIENEMANN TASCHENBUCH

THIENEMANN TASCHENBUCH BEI OMNIBUS

Band 26077

Umwelthinweis:
Dieses Buch wurde auf chlorfrei gebleichtem
Papier gedruckt.

Erstmals als Thienemann Taschenbuch
bei OMNIBUS Dezember 2000
OMNIBUS ist der Taschenbuchverlag
für Kinder und Jugendliche von Bertelsmann
Gesetzt nach den Regeln der Rechtschreibreform

Umschlagbild und Innenillustrationen: Daniele Winterhager
Umschlagkonzeption: Klaus Renner
Kn · Herstellung: Stefan Hansen
Satz: KCS GmbH, Buchholz/Hamburg
Druck: Presse-Druck Augsburg
ISBN 3-570-26077-1
Printed in Germany

10 9 8 7 6 5 4 3 2 1

OMNIBUS

Inhalt

Das Mondkuhparadies

Irgendwo auf der Welt befindet sich ein Berg, der heißt Berg »Irgendwo«. Nur die Sonne, der Mond, die Sterne und der Wind kennen ihn. Sonst niemand.

Dieser Berg ist himmelhoch und sein Gipfel ist spitzer als die spitzeste Nadel. Hinter ihm befindet sich eine Wiese, die ist immer grün. Deshalb trägt sie den Namen »Immergrün«. Sie ist von hohen Tannen umgeben und in ihrer Mitte sprudelt eine kleine Quelle.

Hinter dem Berg Irgendwo, der Wiese Immergrün und den hohen Tannen beginnt die Wüste »Endlos«. Sie ist so karg und wüst, dass niemand dort leben kann.

Auf der Wiese Immergrün, zwischen Irgendwo und Endlos, befindet sich das Mondkuhparadies. Dort leben die Mondkühe und der mächtige schwarze Mondstier.

Abend für Abend kommt eine Sternschnuppe im Sternschnuppeneiltempo auf die Wiese Immergrün gerast, um die Kühe zu melken. Die Milch bringt sie dann dem Mond. Der braucht sie zur Stärkung für seine lange Reise um die Erde. Doch wenn die Mondmilchfrau nicht aufpasst und auf ihrem Rückweg Milch verschüttet, bleiben die Leute auf der Erde unten stehen und sagen zueinander: »Schaut nur, wie schön man heute wieder die Milchstraße sieht!«

Jede Mondkuh hat eine goldene Glocke um den Hals hängen. Jedes Mal, wenn der Mond groß und rund hinter der Wüste Endlos aufsteigt, schütteln die Kühe langsam und bedächtig ihre Köpfe.

»Kling – klang – klung – klong«, klingen ihre Glocken dann über die Wiese Immergrün. Das ist ihre Art von Mondbegrüßung. Es bedeutet so viel wie: »Guten Abend, Mond. Wir freuen uns dich so rund und gesund wieder zu sehen!«

Manchmal, wenn der Wind gut gelaunt ist, trägt er das Mondkuhlied über den Gipfel des Berges Irgendwo bis ins Land der Menschen, aber die können es leider nicht hören.

Nur einmal im Jahr, in einer besonders finsteren Nacht, besucht der Mond seine Kühe auf der Wiese Immergrün. Dann feiern sie alle das Mondfest. Sie lassen ihre Glocken klingen und tanzen eine ganze Nacht durch.

So geht das seit unendlich langer Zeit, seit es den Himmel gibt, den Mond und die Sterne, seit es Berge gibt, wie den Berg Irgendwo und Wiesen, wie die Wiese Immergrün, Wüsten, wie die Wüste Endlos und die Welt, in der die Menschen leben.

Eines Tages erblickte wieder einmal ein Kälbchen das Licht des Mondkuhparadieses. Es hatte dunkle Augen, eine schwarze Schwanzquaste und ein graues Fell wie seine Mutter, seine Geschwister und alle anderen Mondkühe. Als es sah, dass auf der Wiese Immergrün viele wunderschöne bunte Blumen wuchsen, wünschte es sich auf einmal ein Blumenfell. Sein Fell sollte genau wie die Wiese Immergrün mit Blumen geschmückt sein und weil es das nicht war, war das Kälbchen missmutig und unzufrieden.

Die Zeit verging und das Mondkälbchen wurde älter und größer. Es hatte sogar schon eine goldene Mondkuhglocke um den Hals hängen. Aber seine Unzufriedenheit und sein Missmut waren mit ihm gewachsen. Eines Tages ging es einfach zu dem großen, schwarzen Stier und beschwerte sich: »Ich bin unzufrieden mit der Farbe meines Fells, Stier. Ich gebe keine Milch, bevor ich nicht ein Blumenfell bekomme, so eines, wie es die Wiese Immergrün hat!«

Der Stier erschrak über diesen unbescheidenen Wunsch. Er schlug ihr vor, ihn dem Mond vorzutragen. Doch sie musste bis zum nächsten Mondfest warten, bevor sie mit dem Mond darüber reden konnte.

Der Mond legte sein volles, rundes Gesicht in Falten und überlegte. Dann sagte er: »Ich kann dir deinen Wunsch nicht erfüllen, kleine Mondkuh. Du musst dir dein Blumenfell schon selbst beschaffen. Geh und mach dich auf die Suche, aber komm erst wieder zurück, wenn du deinen Missmut und deine Unzufriedenheit abgelegt hast! Für so etwas haben wir keinen Platz im Mondkuhparadies.«

»Ja, das ist mir schon recht. Aber wie komme ich über den Berg Irgendwo?«, fragte die Mondkuh.

»Ich werde dich hinübertragen«, erwiderte der Mond. »Aber damit du uns nicht vergisst, wird dir der Wind einmal im Monat das Lied der Mondkuhglocken bringen und wenn du zurückkehren willst, musst du dich in der Nacht des zwölften Läutens wieder an der Stelle einfinden, an der ich dich absetzen werde.«

Die Mondkuh verabschiedete sich von allen und war reisefer-

tig. Doch sie musste einige Nächte lang warten, bis der Mond so abgenommen hatte, dass er einem Schiffchen glich. Eines Abends tauchte das Mondschiffchen langsam hinter der Wüste Endlos auf und segelte am Himmel hoch. Dann blieb es einen Augenblick lang über der Quelle stehen, verließ seine Bahn und schwebte zur Wiese Immergrün hinunter. Die Mondkuh stieg ein und fort ging es.

Viel zu schnell kamen sie drüben an. Die Mondkuh sagte: »Auf Wiedersehen, Mond!« Und der Mond sagte: »Auf Wiedersehen, Mondkuh. Also, beim zwölften Läuten warte ich hier auf dich. Damit du es aber bei deiner Suche etwas leichter hast, will ich dir etwas schenken.« Und er schenkte ihr ein kleines Stück seiner unendlichen Weisheit. Von nun an konnte sie mit allen Menschen, Tieren und Pflanzen reden.

Die Mondkuh bedankte sich und begann ihre Suche. Sie trottete über die Wiesen und fragte jeden Schmetterling, jeden Grashalm, jedes Bächlein und jeden Vogel, der an ihr vorbeiflog: »Wisst ihr, wo ich ein Blumenfell finde?«

Doch alle antworteten: »Nein, wir wissen es nicht.«

Auf einmal stand sie vor einem Dorf. Der Wind hatte ihnen oft von Dörfern erzählt, in denen die Menschen leben. Aber sie hatte nie richtig zugehört, weil sie nur an sich selbst gedacht hatte. Deshalb fürchtete sie sich. Und weil sie sich fürchtete, machte sie einen großen Bogen um das Dorf und wanderte weiter.

Über den Bergen stand die Sonne. Da fiel der Mondkuh ein, dass diese eine alte Freundin des Mondes war. Schickte sie ihre Strahlen nicht in jeden Winkel der Erde? Wenn die Sonne nicht wusste, wo sie ein Blumenfell finden könnte, wer sollte es dann wissen?

Mühselig kletterte die Mondkuh auf einen hohen Felsen, reckte ihren Kopf zum Himmel und rief: »Sonne, Frau Sonne, weißt du, woher ich ein Blumenfell bekommen könnte?«

Wie fernes Raunen klang die Stimme der Sonne. »Nein«, sprach sie, »aber ich kann mich gern danach erkundigen.«

In dieser Nacht machte die Mondkuh kein Auge zu. Sie stand auf dem Felsen und wartete. Dass der Mond und die Sterne über den Himmel wanderten und traurig auf sie herunterblickten, bemerkte sie nicht.

Endlich war es so weit. Ein heller Schimmer am Rand der Welt verkündete den Aufgang der Sonne. Kaum war sie hinter den Bergen erschienen, fragte die Mondkuh auch schon: »Hast du dich erkundigt, Frau Sonne?«

»Ich habe in jeden Winkel der Erde geleuchtet und nichts gefunden. Dann habe ich in den Sternen gelesen und da stand …«

Im selben Augenblick schob sich eine große dunkle Wolke vor die Sonne und die Mondkuh konnte leider nicht mehr verstehen, was für einen Rat ihr die Freundin des Mondes hatte geben wollen. Traurig kletterte sie von ihrem Felsen herunter. Als es zu regnen begann, mischten sich ihre Tränen mit den Regentropfen und es entstand ein kleiner See.

Die Mondkuh wanderte durch viele Länder, über hohe Berge, tiefe Täler und weite Ebenen. Sie watete durch Pfützen, überquerte reißende Flüsse, und stand eines Tages vor einem großen Wasser. Es war so groß, dass sie nicht sehen konnte, wo es zu Ende war.

Ein Mann ging am Ufer entlang. Über der Schulter trug er einen Stecken, an dem ein Fisch hing. Die Mondkuh fragte den Mann: »Was ist das für ein Wasser?«

»Das ist das Meer«, erklärte ihr der Fischer und wunderte sich, dass eine Kuh sprechen konnte.

»Und was ist hinter dem Meer?«, fragte die Mondkuh weiter.

»Hinter dem Meer ist wieder Land und da wohnen auch Leute«, antwortete der Mann.

Da schöpfte die Mondkuh neue Hoffnung. Wenn es hinter dem Meer wieder Land gab und dort auch Leute wohnten, gerade so wie hier, dann gab es da gewiss auch ein Blumenfell für sie.

Sie suchte nach einer Gelegenheit über das Meer zu kommen. Doch sie brauchte nicht lange zu suchen, bis sie einen Dampfer entdeckte, der in einer Bucht vor Anker lag. Am Strand standen zwei Matrosen. Die Mondkuh sprach sie an und verlangte den Kapitän des Schiffes zu sprechen.

»Eine Kuh will dich sprechen«, sagten die Matrosen zu ihrem Kapitän.

»Eine Kuh?«, rief der Kapitän erstaunt.

»Eine Kuh«, versicherten ihm die Matrosen.

»Was will sie von mir?«

»Das musst du sie schon selber fragen.«

Da ging der Kapitän zu der Kuh und fragte sie, was sie von ihm wolle.

»Nimm mich mit übers Meer, Kapitän!«, brummte die Mondkuh.

»Gut«, sagte er, »aber ich will deinen goldenen Glockenklöppel dafür.«

»Muh«, brummte die Mondkuh und das hieß so viel wie: »Ja, ich bin einverstanden.«

Da nahm der Kapitän die Mondkuh auf seinem Schiff mit übers Meer. Sie durfte vorne am Bug stehen und die Fische waren so erstaunt, dass ihnen fast die Augen aus den Köpfen fielen. Eine Kuh auf einem Schiff hatten sie noch nie gesehen. Sie sprangen hoch in die Luft, um sie besser betrachten zu können.

Nach einem halben Monat erreichten sie das Land hinter dem Meer. Die Mondkuh bedankte sich bei dem Kapitän und den Matrosen. Sie sagte ihnen Lebewohl und ging an Land.

Dann lief sie weiter. Nachdem sie eine Weile gewandert war, erreichte sie Berge, die beinahe so hoch wie der Berg Irgendwo waren. Zwischen ihnen befand sich eine Wiese, beinahe so grün wie die Wiese Immergrün. Viele Kühe grasten in der Nähe der kleinen Quelle in ihrer Mitte. Als sie die Mondkuh sahen, eilten sie herbei.

»Wie heißt du und was suchst du hier?«, fragten sie die fremde Besucherin.

»Ich heiße Mondkuh«, antwortete die Mondkuh, »und ich suche ein Blumenfell.«

»Ein Blumenfell! Ein Blumenfell!«, brüllten die Kühe verwundert. »Kühe können weiß oder grau, braun, schwarz oder gescheckt sein, doch ein blumengemustertes Fell schickt sich nicht für eine Kuh!«

Der Hirt hörte das Gebrüll seiner Kühe. So schnell er konnte, rannte er herbei.

»Was gibt's denn?«, rief er schon von weitem. »Was ist los? Ist was passiert?«

»Deine Kühe ärgern sich, weil ich mir ein Blumenfell wünsche«, erklärte ihm die Mondkuh.

»Wenn's weiter nichts ist«, antwortete der Hirt, »das kannst du haben!« Er band einen Kranz aus Bergblumen und legte ihn der Mondkuh um den Hals. Einen zweiten wand er um ihre Hörner.

Dann befestigte er an jeder Hornspitze noch eine Blume und an der Schwanzquaste einen ganzen Strauß.

Die Mondkuh wagte sich nicht zu rühren vor lauter Glück. Sie wackelte nur mit den Ohren und das bedeutete so viel wie: »Vielen Dank, vielen Dank, vielen Dank!« Dann stapfte sie langsam zu einem kleinen Teich, um ihr Spiegelbild im Wasser zu betrachten. Sie achtete darauf, keine einzige Blume zu verlieren. Doch am anderen Morgen waren sie alle verwelkt.

Da band der Hirte schnell zwei frische Kränze und schmückte die Mondkuh aufs Neue. So ging es viele Tage und Wochen und die Mondkuh war glücklich.

Eines Tages klang es aus der Ferne an ihre Ohren: »Kling – klang – klung – klong«, und dann noch einmal: »Kling – klang – klung – klong«.

Nur sie kannte das Mondlied und niemand sonst auf der Welt. Es erinnerte sie an den Berg Irgendwo, die Wiese Immergrün, die kleine Quelle in ihrer Mitte und die hohen Tannen, und das machte sie traurig.

Es wurde Herbst und der Hirt fand nur noch kleine violette Herbstzeitlosen, um die Mondkuh zu schmücken. Allmählich wurde es Zeit für ihn, mit seiner Herde ins Tal zurückzukehren, denn der Winter stand vor der Tür.

Traurig folgte die Mondkuh den anderen Kühen. Wo sollte sie bloß den Winter verbringen? Doch als sie der Hirt einlud bei den anderen Kühen im warmen Stall zu bleiben, freute sie sich wieder.

Die kalte Zeit ging vorbei. Viele Male war das Mondlicht schon über Berge und Täler, über das Meer und durch die dicken Mauern des Stalles an die Ohren der Mondkuh gedrungen und hatte sie an das Mondkuhparadies erinnert. Es blieb ihr nicht mehr viel Zeit.

Als der Frühling kam, nahm sie von ihren Stallgenossen Abschied und wanderte weiter. Nach einiger Zeit traf sie am Wegrand einen Heckenrosenbusch, an dem nur eine einzige Rose blühte.

»Hihihi«, kicherte die Rose spöttisch, nachdem sie die Bitte der Mondkuh gehört hatte, »hihihi, diese Kuh wünscht sich ein Blumenfell. Warum nicht gleich ein Silber- oder Goldfell?«

Da wurde die Mondkuh zum ersten Mal böse. Wer lässt sich schon gern verspotten?

»Hör auf mit deinem dummen Gekicher«, schrie sie, »wenn du mich ärgerst, fresse ich dich einfach auf.«

»Langsam, langsam«, erwiderte die Heckenrose, »meine Dornen würden dir deine Zunge so zerreißen, dass du niemals mehr ›muh‹ sagen könntest. Es gibt eben nichts umsonst, das ist meine Meinung. Merke sie dir, wenn du weiter ein Blumenfell suchst!«

»Was meinst du damit?«, fragte die Mondkuh.

Doch die Heckenrose gab ihr darauf keine Antwort mehr. Sie schloss ihre Blüte, denn es wurde Abend. Nachdenklich trottete die Mondkuh weiter. Sie achtete nicht auf den Weg und nicht darauf, was um sie herum geschah. Ehe sie sich versah, befand sie sich mitten in einer großen Stadt.

Wo sie hinblickte, sah sie nichts als Häuser, Häuser und nochmals Häuser. Bis in den Himmel ragten sie, bis fast an die Wolken. Autos hupten, Motorräder knatterten, Fahrradfahrer klingelten und die Menschen hatten es schrecklich eilig. In der Mitte der Straße stand ein Mann in einer prächtigen Uniform. Wenn er winkte, fuhren alle so, wie er wollte.

Vielleicht ist das der König, überlegte die Mondkuh. Sie ging zu ihm und fragte: »Ach bitte, Herr König, ich bin nur eine kleine Mondkuh und kenne mich hier nicht aus. Ich bin auf der Suche nach einem Blumenfell. Könnten Sie mir nicht sagen, wo ich eins finde?«

Der vermeintliche König war natürlich ein Verkehrspolizist. Er fühlte sich sehr geehrt.

»Pass mal auf, Mondkuh«, sagte er, »du musst hier verschwinden, denn du störst den Verkehr. Aber ich kann dir einen Rat geben; wenn ich etwas suche und nicht weiß, wo ich es finden kann, dann geb ich bei der Zeitung einfach eine Suchanzeige auf.« Und weil sich die Mondkuh in der Stadt nicht auskannte, erklärte er ihr auch gleich noch den Weg.

Die Mondkuh ging also zur Zeitung. Dort sagte man ihr, dass eine Suchanzeige Geld kostet. Woher sollte sie Geld haben? Sie wusste nicht einmal, was das war. Weil es aber höchst selten vorkommt, dass eine Mondkuh eine Anzeige aufgeben möchte, hatte der Redakteur einen Einfall. Er würde ihre Geschichte auf die erste Seite setzen. Das kostet nichts und ist sehr werbewirksam.

Gleich am nächsten Morgen stand es drin, und dabei war ein Foto von ihr. »Mondkuh sucht Blumenfell«, lautete die Schlagzeile. »Wer kann ihr helfen?«

War das eine Aufregung! Die Leute tuschelten und schwatzten den ganzen Tag miteinander. Niemand wusste, was eine Mondkuh eigentlich ist, aber alle taten so, als hätten sie mindestens ein Dutzend Bücher über Mondkühe gelesen und wüssten genau Bescheid. So viele Zeitungen wie an diesem Tag wurden schon lange nicht mehr verkauft.

Am nächsten Morgen wurden bei der Zeitung zwei Briefe für die Mondkuh abgegeben. Der erste lautete:

Liebe Mondkuh! Warum willst du ein anderes Fell? – Sicher frierst du. Ich habe schon so viele Jäckchen und Höschen für meine Enkelkinder gestrickt. Ich kann auch dir ein neues Fell stricken. Wenn du willst, sogar eines mit einem Blumenmuster. Es geht ganz leicht, nur musst du bitte zur Anprobe kommen, denn ich habe deine Maße nicht im Kopf. Viele Grüße! Oma.

Da ging die Mondkuh hin und bedankte sich vielmals: »Vielen Dank, aber weißt du, im Mondkuhparadies ist es ziemlich warm und eigentlich friere ich gar nicht.«

Der zweite Brief war von einer Schulklasse. Die Kinder schrieben:

Liebe Mondkuh! Wir haben Pinsel und Farben, und wenn du während der Pause zu uns kommst, könnten wir dir Blumen auf dein Fell malen. Wir haben von zehn bis ein Viertel nach zehn Uhr Pause. Viele Grüße, die Schüler der zweiten Klasse.

PS: Da wir noch nicht so gut schreiben können, hat uns unsere Lehrerin bei diesem Brief geholfen.

Sofort erkundigte sich die Mondkuh nach dem Weg zur Schule und rannte dorthin. Weil sie ein bisschen zu früh dran war, musste sie bis zur Pause warten. Als es klingelte, stürmten die Kinder hinaus und brachten ihre Pinsel und Farben mit. Über und über bemalten sie das Mondkuhfell mit den allerschönsten Blumen. Meistens wurden es Margeriten, aber hie und da war auch ein Gänseblümchen dabei. Wunderschön sah die Mondkuh aus und sie bedankte sich vielmals. Es war auch höchste Zeit für die Kinder, wieder in die Klasse zu gehen, denn es hatte schon lange geläutet.

Stolz schlenderte die Mondkuh die Straße entlang. Sie betrachtete sich in den spiegelnden Glasscheiben der großen Schaufenster und bewunderte ihr neues Kleid. Leider achtete sie wieder einmal nicht auf ihre Umgebung. Das war schlimm, denn auf einmal machte es »platsch – platsch« und ein Eimer schmutzigen Wassers ergoss sich über ihr schönes, bemaltes Fell. Eine eilige Hausfrau hatte ihr Putzwasser aus dem Fenster geleert und ehe sich die eitle Mondkuh versah, hatte das Wasser die schönen Margeriten und Gänseblümchen weggeschwemmt.

Zuerst konnte es die Mondkuh nicht glauben. Sie eilte zum nächsten Schaufenster, um sich darin zu betrachten. Doch als sie sah, dass nichts, aber auch gar nichts mehr von den Blumen auf ihrem Fell zu sehen war, wurde sie sehr, sehr traurig.

An der nächsten Straßenecke stolperte sie fast über einen Bettler, der auf dem Boden hockte. Er hielt den Leuten seinen Hut hin und sagte: »Ich armer, alter Bettler hab solchen Hunger, ich armer, alter Bettler!«

Nur ganz wenige Leute gaben ihm etwas, und dann war es meistens nur eine kleine Kupfermünze. Als die Mondkuh das sah, tat ihr der Bettler Leid.

»Da«, brummte sie, »alles, was ich noch habe, ist meine goldene Glocke. Es ist eine echte Mondkuhglocke. Für den Klöppel hat mich ein Kapitän mit übers Meer genommen. Mir nützt sie nichts mehr, weil eine Glocke ohne Klöppel nicht läuten kann. Du kannst sie vielleicht gegen ein Stück Brot eintauschen. Ich schenke sie dir, Bettler!«

Der Bettler zog ein altes Taschenmesser aus der Tasche und schnitt sich die goldene Mondkuhglocke vom Halsriemen ab. Als er sich aber bedanken wollte, lief die Mondkuh davon.

So schnell sie konnte, lief sie aus der großen Stadt hinaus, über Wiesen und Felder und hielt erst an, als ihr ein Rosenbusch den Weg versperrte. Es war derselbe, der ihr vor einiger Zeit einen so rätselhaften Rat gegeben hatte. Und weil die Mondkuh schrecklich müde war, legte sie sich unter seine Zweige und schlief ein.

In dieser Nacht öffnete der Busch leise und heimlich alle seine Rosenknospen und als die Mondkuh am Morgen erwachte, sah sie viele tausend Rosenblüten über sich. Zuerst dachte sie, es wäre ein Traum, aber als sich dann eine kleine Biene auf einer der Blüten niederließ, und sie ihr Gesumm vernahm, wusste sie, dass es kein Traum war. Nie hatte sie etwas Schöneres gesehen.

Auf einmal erhob sich ein leichter Wind, nicht sehr stark, nur so eben ein Windhauch und schüttelte den Busch. Da ließ die Heckenrose alle ihre Blüten fallen, und die Mondkuh stand plötzlich mitten in einem Heckenrosenblütenregen. Und als der Wind zu hauchen aufhörte, war das kleine graue Mondkuhfell über und über mit Blumen bedeckt. Nur eine einzige Rose hatte der Busch behalten.

»Schau in meinen Morgenspiegel, Mondkuh«, forderte sie der Rosenbusch auf. Sein Spiegel war ein riesiger Tautropfen auf einem Blatt. Die Mondkuh betrachtete sich lange.

»Vielen Dank«, brummte sie, »vielen Dank, Heckenrose!«

»Bitte, bitte«, erwiderte der Rosenbusch. »Der Wind hat mir berichtet, dass du einem Bettler deine goldene Glocke geschenkt hast, dafür schenkte ich dir eben meine Rosenblüten.« Und jetzt verstand die Mondkuh den Rat, den ihr die Rose früher gegeben hatte.

»Vielen Dank dafür«, rief sie nochmals und eilte fort. Als die verwelkten Blumen aber abfielen, blieb, wie bei Abziehbildern, ihr Abdruck auf dem Kuhfell zurück.

Wieder einmal hörte sie das mahnende »Kling – klang – klung – klong« der Mondkuhglocken. Für den Heimweg blieb ihr nur noch wenig Zeit.

Sie eilte zurück über Berge und Ebenen, sie watete durch Flüsse und zwängte sich durch dichtes Gestrüpp. Eines Tages stand sie wieder am Meer. Sie fand auch gleich ein Schiff.

»Nimm mich mit übers Meer«, bat sie den Kapitän.

»Aber gern«, erwiderte der Kapitän, »was gibst du mir dafür?«

Die Mondkuh erschrak, denn sie hatte nichts mehr, was sie ihm geben konnte, keinen goldenen Klöppel und keine goldene Glocke, nur der Halsriemen hing ihr noch um den Hals. Doch der Kapitän hatte ein gutes Herz.

»Gib mir nur den Glockenriemen«, sagte er. »Ich mache mir Schnürsenkel daraus. Schnürsenkel braucht man immer!«

Da freute sich die Mondkuh und stieg aufs Schiff. Mitten auf dem Meer hörte sie zum elften Mal das Mondkuhlied »Kling – klang – klung – klong«.

Kaum erreichten sie das andere Ufer, sprang sie an Land und lief, bis sie an dem Platz angelangt war, an dem sie sich mit dem Mond verabredet hatte. Aber als die Nacht kam, wartete sie vergeblich, dass ihr der Wind das zwölfte Mal den Klang der Mondkuhglocken zutragen würde.

»Wind«, schrie die Mondkuh, »warum bringst du mir keine Mondkuhglockentöne?«

Da machte es »Huiiii – huiiii« und der Wind kam.

»Mondkuh«, sagte der Wind, »du bist zu spät. Einmal brachte ich dir das Lied, aber du hast mich nicht gehört. Du warst in der Stadt und dort war es so laut, dass du die Glocken nicht hören konntest.«

Da weinte die Mondkuh zum dritten Mal.

»Was hilft mir mein schönes Blumenfell«, jammerte sie, »wenn ich nie mehr ins Mondkuhparadies zurückkomme.«

Das alles hörte die Sonne, die hinter einem Berg darauf wartete, aufgehen zu dürfen. Die Mondkuh tat ihr Leid und sie überlegte, wie man ihr helfen könnte. Sie besprach sich mit einer Wolke und bat sie es regnen zu lassen. Und als es zu regnen begann, schickte sie einen kleinen, einen ganz kleinen Sonnenstrahl hinter ihrem Berg hervor.

Da stand auf einmal ein prächtiger Regenbogen vor der Mondkuh. Er begann genau vor ihren Füßen und endete weit hinter den Bergen. Die Mondkuh überlegte es sich nicht lange, sie begann einfach aufwärts zu steigen und, oh Wunder, es ging! Schon bald wandelte sie hoch oben in den Wolken, unter ihr lagen die Berge, Ebenen und die Flüsse, durch die sie bei ihrer Suche gekommen war. Hier, war das nicht das Meer? Und dort, spitzer als die spitzeste Nadel, war das nicht der Gipfel des Berges Irgendwo? Und die Wiese Immergrün, die Tannen, die Quelle und weit dahinter die Wüste Endlos?

Langsam rutschte die Mondkuh den Regenbogen hinunter. Die Kühe und der große, schwarze Mondstier erwarteten sie schon, denn die Sonne hatte der Sternschnuppe Bescheid gesagt, und die hatte die frohe Botschaft schon ins Mondkuhparadies gebracht.

Hurra – war das eine Freude! Sie feierten alle ein großes Fest. Der Mond selbst überreichte der Mondkuh eine neue, goldene Glocke mit einem neuen, goldenen Glockenklöppel und einem neuen Glockenriemen. »Vielen Dank, Mond«, sagte die Mondkuh und sie gab dem Mond ihre Milch wie alle anderen Kühe, weil er sie zur Stärkung brauchte für seine lange Reise um die Erde.

Seit jener Zeit gibt es im Mondkuhparadies eine Kuh mit einem Blumenfell und sie ist so schön, dass die Blumen auf der Wiese Immergrün ihre Köpfe neigen, wenn sie an ihnen vorbeigeht.

Doch wenn sich einmal im Monat die Kühe in einer Reihe aufstellen, um den Mond zu begrüßen, der langsam hinter der Wüste Endlos auftaucht und über sie hinwegschwebt, dann steht die Blumenkuh mitten unter ihnen und schüttelt wie die anderen ihren Kopf, bis ihre Glocke zu tönen beginnt: »Kling – klang – klung – klong«.

Die Großstadtprinzessin

Es war einmal ein kleines Mädchen, das hieß – ja, wie hieß es denn eigentlich? Genau genommen erinnerte sich niemand daran, denn seine Eltern und alle anderen Leute, die es kannten, riefen es immer nur »Großstadtprinzessin«.

Dieses Mädchen lebte in einem Wolkenkratzer, der im Volksmund »Gläserner Turm« genannt wurde, weil seine Fassade fast nur aus Fenstern bestand. Die Großstadtprinzessin schlief im achtunddreißigsten Stock. Im neununddreißigsten hielt sie sich auf, wenn es kalt war oder regnete und im vierzigsten, wenn die Sonne schien. Das vierzigste Stockwerk war nämlich das Dach. Dort befand sich ein herrlicher Garten. Blumen wuchsen da, Kohlköpfe, Grasbüschel und in den Ecken auch etwas Unkraut.

Das Allerschönste in dem Garten war ein riesiger Baum. Sein Stamm war so dick, dass die Prinzessin ihn nicht umarmen konnte. Rundherum ragten die Äste weit über den Stamm hinaus und die Blätter an seinen Zweigen wuchsen so dicht neben- und übereinander, dass ein Regentropfen nur selten den Boden erreichte. In seiner Krone ruhten sich viele Zugvögel aus, wenn sie müde waren.

Die Großstadtprinzessin war viel allein. Sie hatte keine Geschwister, und weil sie so hoch oben wohnte, auch keine Freunde.

Ihre Eltern hatten nur wenig Zeit, um mit ihr zu spielen, denn tagsüber telefonierten sie viel und abends sahen sie fern. Das war der Grund, warum sich ihre kleine Tochter oft einsam fühlte. Sie hockte sich dann in den Schatten des großen Baumes und las. Am liebsten las sie dicke Märchenbücher. Da kamen Elfen drin vor und Feen, Zwerge, Zauberer, Wasserfrauen, Riesen und Hexen.

Eines Tages, als sie wieder einmal auf der Bank in ihrem Garten saß, seufzte sie halblaut: »Ach, wenn ich doch einmal selbst eine Elfe oder eine Nixe sein könnte! Eine Fee oder ein Riese täten's auch. Am liebsten würde ich selbst ein wenig zaubern!«

Das hörte ein Zaubervogel, der sich gerade auf einem Ast niedergelassen hatte.

»Diesen Wunsch kann ich dir erfüllen«, zwitscherte er.

Die Prinzessin verstand seine Worte, denn sie gehörte zu den wenigen überdurchschnittlich begabten Menschenkindern, die die Zaubervogelsprache beherrschen.

»Mach dich bloß nicht lustig über mich!«, rief sie entrüstet. »Und versprich nichts, was du nicht halten kannst.«

»Das geht ganz einfach«, sagte der Vogel. »Du brauchst nur einen Zauberstab dazu.«

»Einen Zauberstab«, rief die Prinzessin verwundert. »Wo soll ich den denn hernehmen?«

»Aber du hast ja schon einen, weißt du das nicht?«

»Woher soll ich das wissen?«

»Dann lauf mal schnell in die Küche und hol dir den großen Kochlöffel! Den mit dem Loch in der Mitte.«

»Der soll ein Zauberstab sein?«, rief die kleine Prinzessin verwundert und rannte so schnell sie konnte davon, um den Kochlöffel zu holen.

»Das ist er«, sagte der Vogel. »Jetzt musst du noch einen Spruch auswendig lernen, dann kann's losgehen!« Er zwitscherte ihr den Zauberspruch so lange vor, bis sie ihn auswendig gelernt hatte:

Lirum, larum, Löffelstiel.
Alte Damen essen viel.
Junge müssen fasten.
Komm aus deinem Kasten!
Mach, was ich dir sage,
ohne eine Frage!

Und anschließend, versicherte ihr der Vogel, könnte sie sich wünschen, was sie wollte, entweder: Mach mich zu einem Zwerg oder: Mach mich zu einem Riesen, oder was ihr sonst noch einfiel. Sie konnte ihm aber auch befehlen sie irgendwohin zu bringen oder irgendetwas herzuzaubern.

»Oh, vielen Dank, Zaubervogel!«, rief das kleine Mädchen glücklich. Doch der Zaubervogel war schon davongeflattert.

Da begann sich die Großstadtprinzessin zu überlegen, was sie sich wünschen könnte. Erst mal runter in die Stadt und einen Freund suchen, dachte sie, denn zu zweit fällt uns mehr ein. Sie setzte sich auf den Kochlöffel und rief laut:

Lirum, larum, Löffelstiel.
Alte Damen essen viel.

Junge müssen fasten.
Komm aus deinem Kasten!
Mach, was ich dir sage,
ohne eine Frage:
Trag mich in die Stadt hinunter!

Da erhob sich der Kochlöffel mit ihr und schwebte vom vierzigsten Stock hinunter auf die Straße. Auf einmal hasteten viele Fußgänger um sie herum, Autos hupten, Bremsen kreischten und irgendwo trillerte jemand auf einer Pfeife. Zuerst steckte sich die Großstadtprinzessin den Kochlöffel in den Hosenbund, so, wie es in vielen Ritterfilmen die Ritter mit ihren Schwertern machten. Dann sah sie sich um und blieb verwirrt und ängstlich stehen. Sie machte ein paar Schritte vorwärts, prallte mit jemandem zusammen, stolperte und wäre beinahe hingefallen.

»Pass doch auf«, rief ein Junge entrüstet. »Du stehst mir im Weg!«

»Wie redest du mit einer Prinzessin«, entgegnete ihm das kleine Mädchen.

»Du, eine Prinzessin! Dass ich nicht lache! Wenn du das wirklich bist, dann zeig mir dein Schloss!«

»Nichts leichter als das«, erklärte ihm die Großstadtprinzessin und sah sich um. »Dort ist ein Park und wo ein Park ist, ist sicher auch ein Spielplatz mit einem Sandkasten. Läufst du um die Wette mit mir?«

So schnell sie konnten rannten sie los und kamen zur gleichen Zeit vor dem Sandkasten an.

»Ich war Erster!«, brüllte der Junge stolz.

»Du irrst dich«, erwiderte das Mädchen. »Ich war schon vor dir da!«

»Nein, ich!«

»Nein, ich!«

So ging es eine Weile hin und her, bis es der Prinzessin zu dumm wurde.

»Ich dachte, du wolltest mein Schloss sehen?«, erinnerte sie den Jungen an seinen Wunsch.

»Ja, ja, aber ich sehe hier nirgends ein Schloss!«

»Hach, bist du ungeduldig. Hol mir lieber ein Eimerchen voll Wasser!«

Mit dem Wasser, das der Junge ihr brachte, befeuchtete die Prinzessin den Sand, knetete ihn mit den Händen und begann einen hohen Turm zu bauen, ein großes und ein kleines Haus und drum herum eine dicke Mauer.

Zuerst sah ihr der Junge nur zu, später half er ihr dabei.

»Dann ist dein Schloss nur aus Sand«, stellte er enttäuscht fest. »Ich hab gedacht, es sei eines, in das man hineingehen kann.«

»Wart's ab!«, ermahnte ihn die Prinzessin. Dann nahm sie ihren Kochlöffel in die Hand, schwenkte ihn über dem Sandschloss und rief:

Lirum, larum, Löffelstiel!
Alte Damen essen viel.
Junge müssen fasten!
Komm aus deinem Kasten!
Mach, was ich dir sage, ohne Frage!

Und sie fügte hinzu: »Verwandle diese Sandburg in ein echtes großes Schloss!«

Da stand auf einmal mitten im Stadtpark ein prächtiges Märchenschloss.

»Oh«, rief der Junge verwundert.

»Komm mit!«, forderte ihn die Prinzessin auf. »Jetzt besuchen wir den König.« Sie brauchte mit ihrem Zauberstab nur das große Tor zu berühren, als es auch schon aufsprang. Dann durchquerten sie den Schlosshof, stiegen eine Treppe hoch und gingen durch viele Säle, einer immer prächtiger als der andere. Im allerprächtigsten hockte der König auf einem Thron und regierte, das heißt, eigentlich regierte er nicht, denn sein Telefon war gerade kaputt und ohne Telefon kann heutzutage niemand regieren. Und weil der Fernseher auch nicht in Ordnung war, langweilte er sich sehr. Seine Minister standen um ihn herum und wussten keinen Rat.

»Ich langweile mich!«, jammerte der König. »Niemand kann mir helfen, nicht einmal meine Frau, die Königin. Den ganzen Tag sitzt sie da, strickt einen Kniewärmer für mich und unterhält sich mit ihren Freundinnen. Ist das nicht schrecklich? Wer mir hilft, die Zeit zu vertreiben, den will ich einladen zu mir in mein Schloss zu ziehen und mein Freund zu werden.«

»Da wüsste ich schon was«, sagte der Junge und sah aus dem Fenster auf die Straße hinunter. »Wir könnten den Leuten da unten auf die Köpfe spucken. Wer trifft, hat gewonnen.«

Das gefiel dem König nicht.

»Oder Fußball spielen?«

Auch das lehnte der König ab, denn er war ziemlich dick und Fußballspielen war ihm viel zu anstrengend. Das sah er sich lieber im Fernsehen an.

»Vielleicht macht's dir Spaß, wenn ich dir etwas vorzaubere«, schlug ihm die Großstadtprinzessin vor und zauberte allen Ministern Eselsköpfe und den Lakaien Affenschwänze. »Ich bin nämlich eine berühmte Zauberfrau.«

Doch der König befahl ihr, alles sofort wieder rückgängig zu machen. Er brauchte Minister mit richtigen Köpfen und nicht mit denen von Eseln, und seinen Gästen wollte er nicht zumuten von Lakaien mit Affenschwänzen bedient zu werden.

»Spielverderber!«, murmelte die Prinzessin verärgert, doch so, dass es der König nicht hören konnte.

»Wie wär's mit einem Himmel-und-Hölle-Spiel?«, sagte der Junge.

»Was 'n das?«, wollte der König wissen.

Der Junge holte einen Kieselstein aus der einen Hosentasche und aus der anderen ein kleines Stück Kreide, zeichnete damit eine Reihe von Kästchen auf das Parkett und erklärte dabei die Regeln. Danach hüpften er und die Prinzessin kichernd von Kästchen zu Kästchen und der König machte es ihnen nach. Erst als ihnen die Puste ausging, hörten sie auf.

»Uff!«, seufzte der König zufrieden. »Und was machen wir jetzt?«

»Jetzt machen wir Musik!«, rief der Junge.

»Aber wir haben doch gar keine Instrumente«, gab ihm der erste Minister zu bedenken.

»Ich könnte ja welche herzaubern«, rief die Prinzessin.

»Bemüh dich nicht! Wir finden auch so welche.« Der Junge nahm ein Stück Papier, rollte es zu einem Trichter zusammen und reichte es dem König. Für die Prinzessin zog er einen Kamm aus der Tasche und vom König erbat er sich Krone und Zepter, um sie als Schlagzeug zu benutzen.

»Eins, zwei, drei – los!«, befahl er, und schon war die schönste Katzenmusik im Gange. Es klang schlimm und machte nur den Musikanten Spaß. Die Minister und Lakaien hätten sich am liebsten die Ohren zugehalten. Doch das war gegen die Hofetikette. So etwas ist nur der Königin erlaubt, aber die musste ja stricken und hatte keine Hand frei. Deshalb blieb den Zuhörern nichts anderes übrig, als Beifall zu klatschen, während sich die drei Musikanten, nach Beendigung ihres Musikstückes, die Bäuche hielten vor Lachen.

»Wie wär's mit einem Rundflug über die Stadt?«, schlug die Prinzessin vor, nachdem sie sich müde gelacht hatte. »Setzt euch alle auf meinen Kochlöffel!« Den dicken König nahmen sie in die Mitte. Das war zwar ein bisschen eng, aber solange niemand niesen musste, ging es gerade.

Lirum, larum, Löffelstiel.
Alte Damen essen viel.
Junge müssen fasten.
Komm aus deinem Kasten!
Mach, was ich dir sage,
ohne eine Frage: Flieg los!,

rief die Großstadtprinzessin.
Da schwebte der Kochlöffel mit seinen Fluggästen zum Fenster hinaus, umkreiste drei Mal das Schloss und steuerte den Fernsehturm an.

»Vielleicht weiß dort jemand, warum dein Fernseher kaputt ist!«, rief die Prinzessin dem König zu.

»Ach was«, erwiderte der. »Das interessiert mich nicht. Flieg ruhig weiter! Fliegen ist viel schöner als fernsehen.«

Sie schwebten an einem hohen Baugerüst vorbei und tauschten mit den Bauarbeitern Witze aus, erfuhren die Tagesneuigkeiten von einem Schornsteinfeger und hätten beinahe einen Polizeihubschrauber zum Absturz gebracht, weil der Pilot so erschrak, als er einem König und zwei Kindern auf einem Kochlöffel begegnete. Er verständigte die Flugsicherung, doch die Fluglotsen glaubten ihm nicht und hielten ihn für verrückt.

Später spielten die Prinzessin, der König und der Junge noch mit den Tauben Fangen und fühlten sich dabei einfach königlich.

Doch als es kühler wurde und sie zu frieren begannen, steuerten sie das Schloss im Park an. Gerade, als sie im Thronsaal landeten, klingelte das Telefon.

»Majestät, ein Gespräch aus New York!«, rief der erste Minister aufgeregt. »Und hier eines aus Moskau!«, brüllte der zweite vom nächsten Apparat.

»Frag, was sie wollen«, brummte der König verärgert. »Hab jetzt keine Zeit für langweilige Telefongespräche.«

Daraufhin drückte der dritte Minister auf den Knopf des Fernsehapparates, der in der Zwischenzeit repariert worden war.

»Schalte sofort den blöden Kasten ab!«, schrie der König wütend. Er entließ alle seine Ratgeber und stellte dafür den kleinen Jungen ein. »Du bleibst da und hilfst mir beim Regieren«, sagte er. »Und wenn ich mal tot bin, darfst du selber regieren, wenn es dir Spaß macht. Macht's dir keinen Spaß, darfst du den Leuten auch auf die Köpfe spucken.«

Doch auf einmal klingelte es draußen am Schlosstor. Ein fremder Mann begehrte Einlass.

»Wer bist du und was willst du?«, fragte ihn der König. »Ich habe gerade Besuch. Du störst mich.«

Der Fremde stellte sich vor. Er war Oberregierungsministerialbeamter im Stadtbauamt. »Dieses Schloss ist ein Schwarzbau«, sagte er streng. »Es wurde ohne Genehmigung hier aufgebaut und muss deshalb unverzüglich verschwinden.«

»Keine Sorge!«, rief die Prinzessin fröhlich. »Was sein muss, muss sein. Das haben wir gleich.« Dann nahm sie ihren Zauberstab, schwang ihn rundherum um ihren Kopf und rief:

Lirum, larum, Löffelstiel.
Alte Damen essen viel.
Junge müssen fasten.
Komm aus deinem Kasten.
Mach, was ich dir sage,
ohne eine Frage: Versetze das Schloss
auf den gläsernen Turm!

Und in null Komma nix war es aus dem Park verschwunden und stand dafür auf dem Dach des gläsernen Turmes, gleich neben dem alten Baum. Da tanzten die Prinzessin, der König und der Junge singend durch alle Säle und durch den Garten.

»Das war der lustigste Nachmittag in meinem Leben!«, rief die Prinzessin glücklich. »Lustig und überhaupt nicht einsam!«

Ihre Eltern, die sich den Lärm nicht erklären konnten, kamen schnell herbeigerannt, um nachzusehen, was er bedeutete. Doch sie drehten beruhigt wieder um, als sie entdeckten, dass es nur ihre Tochter war, die mit einem neuen Freund in einem Sandkasten spielte. Sie wunderten sich etwas, wie der Sand in ihren Dachgarten gekommen war. Den König und sein prächtiges Schloss konnten sie nicht sehen. Sie blieben unsichtbar.

Am Abend, als es Zeit für den Jungen wurde heimzugehen, damit sich seine Mutter nicht ängstigte, begleitete ihn das kleine Mädchen mit dem Lift bis ins Erdgeschoss.

»Bis bald«, sagte sie, und: »Bis bald«, erwiderte der Junge, während sich weit oben im vierzigsten Stock der Zaubervogel auf einem Baumast niederließ und sang:

Lirum, larum, Löffelstiel.
Das ist das Ende von dem Spiel.
Geh wieder in deinen Kasten hinein!
Von nun an ist sie nie mehr allein!

Womit er natürlich als Erstes den Kochlöffel und am Ende die Großstadtprinzessin meinte.

Zwergenmärchen

Es war einmal ein Zwerg. Er liebte eine Prinzessin.

»Was soll ich tun?«, fragte er die Eule. »Ich bin so klein und sie ist so schön. Sie wird mich nicht haben wollen.«

»Nur Mut!«, riet ihm die Eule.

Damit konnte der Zwerg nicht viel anfangen. Er verließ sein Haus und ging davon.

Auf der Wiese traf er die Schnecke.

»Weißt du, wie man eine Prinzessin erobert?«

»Eile mit Weile«, sagte die Schnecke.

Im Wald begegnete ihm der Fuchs.

»Kannst du mir vielleicht einen Rat geben?«, fragte ihn der Zwerg.

»Kommt Zeit, kommt Rat«, erwiderte der Fuchs.

Vor dem Schloss, in dem die Prinzessin wohnte, stand ein Bär Wache. Da erinnerte sich der Zwerg an die Eule.

»Nur Mut!«, sagte er und ging schnurstracks auf den Bären los. Der bekam Angst und öffnete ihm schnell das Tor.

Jetzt musste der Zwerg eine Treppe hochsteigen.

Auf einmal versperrte ihm eine riesige Spinne den Weg. Eile mit Weile, dachte er und wartete so lange, bis die Spinne in ihrem Loch verschwand.

Auf dem Turm fand er endlich die Prinzessin.

»Kannst du mir beibringen, wie man ein Land regiert?«, fragte sie ihn.

»Kommt Zeit, kommt Rat«, antwortete der Zwerg.

Und weil die Prinzessin das sehr klug fand, heiratete sie ihn gleich. So wurde der Zwerg nicht nur glücklich, sondern auch ein König.

Hallo Papa, quakte die kleine Ente

Es war einmal ein Entenmädchen, das lebte auf einem kleinen Weiher, der für es die Welt bedeutete. Sein braunweiß gesprenkeltes Federkleid stand ihm gut, und das wusste es auch. Voller Stolz betrachtete es sein Spiegelbild im Wasser.

Bin ich nicht hübsch?, dachte es. Warum bemerkt das denn niemand?

Eines Abends flog ein junger Enterich vorbei.

»Sieh mal an«, schnatterte er zu sich selbst. »Da unten schwimmt eine hübsche Ente!« Glücklich über seine Entdeckung, ließ er sich neben ihr ins Wasser plumpsen.

»Pfui Teufel! Du spritzt mich ja nass!«, schimpfte das Entenmädchen ärgerlich und fing sofort an ihre Federn zu ordnen.

»Aber ich liebe dich doch«, entschuldigte sich der Entenjunge. »Willst du mich heiraten?«

Das ging der Ente zu schnell. Sie schwamm davon.

»Ich liebe dich! Ich liebe dich!«, schnatterte der stürmische Liebhaber verzweifelt und flatterte ihr nach.

Doch es dauerte eine Weile, bis ihn die Ente schließlich erhörte.

Eines Tages verspürte sie einen komischen Druck im Bauch. Sie suchte sich einen stillen Platz und baute ein kleines Nest. Dann legte sie ihr erstes Ei.

»Wo warst du so lange?«, fragte ihr Mann sie ungehalten, als die Ente zu ihm zurückkam.

»Ich hab ein Ei gelegt«, erklärte ihm seine Frau, »und es kommt mir vor, als bliebe es nicht bei dem einen.«

»Wie langweilig!«, seufzte der Enterich, denn er war nicht gern allein. Doch daran musste er sich gewöhnen, ob er wollte oder nicht. Wieder und wieder verließ ihn die Ente, um ein Ei zu legen.

»Eins, zwei, drei, vier, fünf, sechs, sieben, acht«, zählte sie eines Abends. »Das reicht. Ab morgen wird gebrütet.« Von da an verließ sie ihr Nest nur noch, um hastig etwas zu fressen und ihre Federn anzufeuchten.

Inzwischen langweilte sich der Enterich immer mehr. Er schlief und fraß und putzte sich. Es dauerte nicht lange, bis er andere Entenmänner traf, denen es ebenso erging wie ihm. Von da an langweilte er sich nicht mehr.

Eines Tages hörte die Entenfrau ein leises Pochen unter sich.

»Herein!«, schnatterte sie überrascht. Da wurde das Pochen lauter und lauter, bis eines der Eier ein Loch bekam.

»Hallo, Mama«, piepste ein kleines Entchen und steckte seinen Kopf aus dem Loch. »Da bin ich. Freust du dich?«

»Natürlich«, antwortete ihm die Entenmutter.

»Dann schwimm mit mir spazieren!«

»Das geht nicht so schnell. Du bist ja noch ganz nass und außerdem müssen wir noch warten, bis alle deine Geschwister geschlüpft und getrocknet sind.«

»Dauert das lange?«

»Wart's ab!«

Der vorwitzigen Ente kam es wie eine Ewigkeit vor, bis alle Geschwister für einen Ausflug bereit waren.

Endlich war es so weit. Die Mamaente führte ihre Kinder zum Ufer des Weihers und schubste sie ins Wasser.

»Nur keine Angst! Schwimmenkönnen ist Enten angeboren«, tröstete sie diejenigen, die ängstlich zurückwichen. Sie zeigte ihnen, wo sie kleine Blättchen oder Algen, Regenwürmer oder Schnecken finden konnten, denn Blättchen, Algen, Regenwürmer und kleine Schnecken waren Leckerbissen für alle Entenkinder.

Wenn aber der Schatten eines Raubvogels über den Weiher huschte, flüchteten sie in Windeseile unter die Flügel der Entenmutter. Und in den Nächten suchte sie mit ihnen einen geschützten Platz am Ufer auf. Dann kuschelten sich alle unter ihre Flügel, weil es dort warm und gemütlich war.

Je älter die kleinen Enten wurden, umso selbstständiger paddelten sie auf dem Weiher herum. Eines versuchte das andere zu übertrumpfen, indem es schneller war oder seinen Geschwistern die besten Leckerbissen wegschnappte.

Am allerallervorwitzigsten aber war das erstgeborene Entenkind. Es entfernte sich weiter von seiner Mutter als seine Geschwister und musste oft mehrmals gerufen werden, bevor es zurückkam.

Eines Tages beobachtete es eine junge Bachstelze, die sich von ihren Eltern füttern ließ. Einmal brachte der Bachstelzenvater eine Mücke, ein anderes Mal die Bachstelzenmutter.

»Wieso hast du zwei Mütter?«, fragte die kleine Ente das Bachstelzenkind erstaunt.

»Bist du aber dumm«, piepste das zurück. »Das, was du für eine zweite Mutter hältst, ist in Wirklichkeit mein Papa.«

»Und der füttert dich?«

»Natürlich. Das muss er doch.«

Auf diese Weise erfuhr die kleine Ente, dass es außer einer Mama auch noch einen Papa gibt. Sie paddelte so schnell sie konnte zurück zu ihrer Mutter und fragte sie: »Wo ist mein Papa?«

»Was weiß ich, wo der Hallodri steckt«, schnatterte die Mamaente. »Ich bin viel zu beschäftigt, um ihn zu suchen.«

Daraufhin beschloss das Entenkind sich selbst auf die Suche nach seinem Vater zu machen.

Zuerst schwamm es am Ufer entlang. Dort ist ein Stein, dachte es. Von ihm aus könnte ich alles besser überblicken. Doch gerade, als es auf den Stein hüpfen wollte, riss der sein Maul auf und rief: »Quak!«

»He!«, schnatterte das Entchen erschrocken. »Wer bist denn du?«

»Quak«, antwortete der Frosch. »Ich bin ein Frosch. Warum störst du mich in meiner Mittagsruhe?«

»Weil ich auf der Suche nach meinem Papa bin.«

»Warum denn das?«

»Bei Bachstelzens kümmert sich der Papa genauso um seine Kinder wie die Mama. Ich will, dass das bei uns auch so ist.«

»So was Dummes! Um meine Kinder kümmert sich niemand. Wenn sie aus ihren Eiern schlüpfen, sorgen sie gleich für sich selbst. In der heutigen Zeit ist es gut, wenn die Kinder früh selbstständig werden. Das Leben ist hart.« Nach diesen Worten hüpfte der Frosch ans Ufer und verschwand unter einer Butterblume. Nachdenklich setzte die kleine Ente ihre Suche fort. Doch ehe sie sich's versah, hatte sie sich auch schon im hohen Schilf verirrt. Dort war es düster und unheimlich. Die hohen Halme verdeckten den Himmel. So lernte sie, was es heißt, sich zu fürchten.

»Papa, Papa!«, rief sie verzweifelt.

Da machte es neben ihr »Blubb« und ein kleiner Fisch steckte seinen Kopf aus dem Wasser. »Nicht so laut!«, blubberte er ärgerlich. »Dieser Lärm ist ja schrecklich.«

»Aber ich suche doch meinen Papa«, jammerte die kleine Ente. »Wie soll ich ihn denn finden, wenn ich ihn nicht rufen darf?«

»Was willst du von ihm?«, fragte der kleine Fisch.

»Ich will, dass er für mich sorgt, genauso wie es der Bachstelzenpapa macht.«

»Na, so was!«, blubberte der kleine Fisch. »Bei uns Stichlingen kümmern sich die Mütter überhaupt nicht um die Kinder. Das besorgen die Väter. Sie bewachen sie, bis sie groß genug sind, um allein durchs Leben zu kommen.«

»Meine Mama kümmert sich immer um uns«, quakte das kleine Entchen zufrieden. »Aber ich will, dass sich auch mein Papa um uns kümmert.«

»Na, dann viel Glück!«, blubberte der Stichling, verschwand im Wasser und ließ das Entenkind im Schilfwald allein.

Wer weiß, ob die kleine Ente jemals wieder herausgefunden hätte, wenn sie nicht einen durchdringenden Pfiff gehört hätte.

Wo es pfeift, ist ein Vogel in der Nähe, überlegte sie, und wo ein Vogel ist, muss offenes Wasser sein, sonst kann er nicht fliegen.

Sie folgte dem Pfeifen und kam so aus dem Schilfwald heraus. Auf einem Weidenast hockte ein Eisvogel.

»Witt, wittwitt!«, begrüßte er das Entenkind. »Ein so junger Vogel, wie du einer bist, sollte nicht allein auf Wanderschaft gehen. Das könnte gefährlich werden. Der Fuchs mag zartes Entenfleisch besonders gern.«

»Ach du Schreck!«, jammerte das Entenkind. »Was mach ich bloß. Ich bin nämlich auf der Suche nach meinem Papa und dabei habe ich die Mama verloren.«

»Das war leichtsinnig von dir«, pfiff der Eisvogel. »Aber glücklicherweise kann ich dir helfen. Als ich nämlich vorhin über den Weiher flog, hab ich mit meinen scharfen Augen jemanden gesehen, der so aussah, als wär's dein Papa.«

»Wo?«

»Das Beste wird's sein, ich flieg dir voraus und zeig dir den

Weg.« Ohne lange auf eine Antwort zu warten, stieß sich der Eisvogel ab und schoss davon.

»Halt, halt, nicht so schnell!«, rief das Entchen hinter ihm her. Doch es hörte nur noch sein »Wittwitt« in der Ferne. Da schlug es die Richtung ein, in der er verschwunden war. Es paddelte los so schnell es konnte, und als ihm eine Seerose den Weg versperrte, kletterte es einfach auf ihre Blätter und watschelte ein Stück zu Fuß. Auf diese Weise erreichte es das andere Ufer.

Unter den überhängenden Weidenzweigen hockte ein schlafender Enterich.

»Hallo«, schnatterte ihm das kleine Entchen ins Ohr. Seine Stimme klang nicht mehr so forsch wie zu Beginn der Reise. »Hallo, bist du mein Papa?«

Der Entenmann zog den Kopf unter dem Flügel hervor und betrachtete erstaunt das kleine Wesen, das ihn aus seinen Träumen gerissen hatte.

»Das kann schon sein. Wer bist denn du?«

»Das Kind meiner Mama«, entgegnete die kleine Ente.

»Und was willst du von deinem Papa?«

»Ihn kennen lernen.«

»Dann nimm ruhig an, ich wär der, den du suchst«, sagte der fremde Entenmann etwas ungeduldig, weil er seinen Mittagsschlaf fortsetzen wollte.

»Oh Papa!«, rief die kleine Ente glücklich.

»Schon gut. Jetzt schwimm zu deiner Mutter zurück und lass mich weiterschlafen!«

»Aber kümmerst du dich denn nicht um deine Kinder?«, schnatterte die kleine Ente entrüstet.

»Dazu ist eure Mutter da«, erklärte ihr der Entenvater.

»Aber darf ich dich wenigstens besuchen, sooft ich will«, bettelte das Entenkind ein bisschen enttäuscht, denn es wäre so schrecklich gern länger geblieben.

»Natürlich, komm nur, wenn dir danach ist«, antwortete ihm die Papaente und schob ihren Kopf wieder unter den Flügel.

Da blieb dem Entchen nichts anderes übrig, als sich auf den Rückweg zu machen.

Doch leider übersah es den hungrigen Fuchs, der am Ufer lauerte.

»Rrrrrr!«, knurrte er, und wollte sich gerade auf es stürzen, da flog ihm mit lautem Gekreische ein schreckliches Ungeheuer entgegen und spritzte ihn so nass, dass er eiligst die Flucht ergriff.

»Mama, Mama!«, schnatterte das Entenkind. »Du kamst grad im richtigen Moment!« Und immer noch zitternd vor Schreck folgte es seiner Mutter, die es zu seinen Geschwistern führte.

Es ist gut so, wie es ist, dachte es zufrieden mit sich und der Welt. Die Grasfroschkinder wachsen ganz allein auf, um die kleinen Stichlinge kümmert sich bloß der Vater und die Bachstelzeneltern müssen ihre Kinder füttern, weil sie so unselbstständig sind.

So eine Mama wie ich hat niemand und den Papa kann ich ja immer besuchen.

Ente gut, alles gut.

Die Diebin

Eines Tages hörte die Elster, wie eine Mutter ihren Kindern ein Märchen erzählte: »Es war einmal ein reicher König. Jeden Morgen, wenn er aufstand, setzte er sich eine Krone auf den Kopf und regierte sein Volk.«

Als das die Elster hörte, wollte sie auch eine Krone haben und regieren. Aber leider wusste sie nicht, wie eine Krone aussieht. Sie suchte den Waldkauz auf und fragte ihn: »Weißt du, wie eine Krone aussieht?« Der Waldkauz sagte: »Rund.« Da flog die Elster über das Land und suchte etwas Rundes.

Auf einem Bauernhof entdeckte sie einen Ball. »Ist das eine Krone?«, fragte sie ein paar Enten und Gänse.

»Hahaha«, schnatterten diese. »Nein, das ist nur ein Ball. Eine Krone ist rund und hat Zacken.«

Die Elster flog nicht weit. Da sah sie in einem Garten einen Gartenrechen mit runden Zacken.

»Ist das eine Krone?«, fragte sie ein Kaninchen, das gerade an einem Kohlkopf knabberte. »Nein, nein«, rief das Kaninchen erschrocken. »Das ist bloß ein Gartenrechen. Eine Krone glänzt und blitzt, dass es in den Augen wehtut!«

Da suchte die Elster weiter. Nach einiger Zeit erreichte sie ein Königsschloss. Wie es der Zufall wollte, hatte der König gerade seine Krone auf das Fenstersims gelegt, weil er müde war vom

Regieren. Die Krone glitzerte und gleißte in der Sonne. Sie ist rund, dachte die Elster, hat Zacken und glänzt, und eins-zwei-drei packte sie sie und flog weg.

Nachdem sie wieder bei ihrem Nest angekommen war, überlegte sie: Jetzt brauche ich sie nur noch aufzusetzen, dann bin ich Königin und darf regieren.

Doch es gelang ihr nicht, die Krone auf dem Kopf zu behalten, obwohl sie sich die größte Mühe gab. Schließlich gab sie es auf. Sie stülpte die Krone um, klemmte sie in eine Astgabel und baute ein neues Nest hinein.

Als die Waldtiere die golden funkelnde Krone sahen, kamen sie alle herbei und staunten sie an.

Jetzt kommen sie schon und wollen sich regieren lassen. Wenn ich die Krone auf dem Kopf halten könnte, wäre ich jetzt Waldkönigin!, dachte die Elster.

Aber das gelang ihr nicht, sooft sie es auch versuchte.

Seit jener Zeit stiehlt die Elster alle glänzenden, funkelnden Gegenstände, derer sie habhaft werden kann, weil sie immer noch hofft eine ihr passende Krone zu finden und Königin des Waldes zu werden.

Die Teddybär-Geschichte

In einem Wald, in dem die Bäume besonders dicht standen und es immer ein bisschen dämmrig war, wohnte einmal eine Bärenfamilie.

»Sei nicht so vorwitzig und bleib immer schön hinter mir!«, sagte Mutter Bär zu ihrem Bärenkind, wenn sie zusammen durch den Wald streiften.

Zuerst war der kleine Bär auch ganz brav. Aber als er größer wurde, hörte er nur noch mit einem Ohr auf die Worte der Mutter, dann nur noch mit einem halben und schließlich mit keinem mehr.

»Ich wüsste zu gern«, brummte er zu sich selbst, »wie es hinter den Bäumen aussieht.«

Eines Tages, als Vater Bär und Mutter Bär nicht so gut aufpassten, lief der kleine Bär davon.

Er lief durch den Wald, über Wiesen und Felder. Als er müde wurde, blieb er vor einem Haus stehen, das von einem kleinen Garten umgeben war.

Auf einer Bank mitten in dem Garten hockte ein kleines Mädchen und weinte. »Niemand spielt mit mir!«, schluchzte es.

Das Bärenkind sah das Mädchen an. Ich würd gern mit ihm spielen, überlegte es. Dann brummte es laut: »Wenn du möchtest, können wir zusammen Schubsen spielen!«

»Wie geht das?«, fragte das Mädchen neugierig.

»Du schubst mich mit dem kleinen Finger und ich dich mit meiner Nase und wer dabei grob wird, der hat verloren.« Das kleine Mädchen war damit einverstanden.

Das Bärenkind kletterte über den Zaun und sie spielten Schubsen, bis ihnen die Lust dazu verging. Da zeigte das Mädchen dem kleinen Bären seine Schaukel. Sie schaukelten, spielten Ball und lachten zusammen.

Am Abend, als es an der Zeit war, ins Bett zu gehen, durfte der kleine Bär im Puppenwagen schlafen. Die Mutter des Mädchens deckte ihn wie ihr eigenes Kind zu.

In der Nacht träumte das Bärenkind vom Wald, von Vater Bär und Mutter Bär. Sie weinten sehr, weil ihnen ihr Kind davongelaufen war.

Als der kleine Bär am nächsten Morgen erwachte, war er krank. Er schlotterte an allen Tatzen.

»Was fehlt dir?«, fragte ihn das kleine Mädchen.

»Mich friert's«, brummte das Bärenkind unglücklich.

»Aber du hast doch einen dicken Pelz. Wie kannst du da frieren?«

»Mich friert's unter dem Pelz«, jammerte der Bär. »Irgendwie inwendig.«

Da rief das Mädchen seine Mutter, die Mutter rief den Vater, und sie beratschlagten gemeinsam, was man für das Bärenkind tun könne.

»Ich glaube, es hat Sehnsucht nach seiner Mama und seinem Papa«, sagte der Vater auf einmal. Und weil er ein kluger Mann war und wusste, wo die Bären wohnen, nahm er das kleine Bärenkind huckepack und trug es in den großen Wald zurück.

Er brachte es dorthin, wo die Bäume besonders dicht standen und wo es immer ein bisschen dämmrig war.

Mutter Bär und Vater Bär freuten sich, als sie ihr Kind wieder sahen. Sie umarmten es und der kleine Bär war gleich wieder gesund.

Das Mädchen aber weinte, weil es das Bärenkind so gern behalten hätte.

Da setzte sich seine Mutter hin und nähte einen kleinen Stoffbären für es. Zuerst zerschnitt sie eine wuschelige Decke. Aus schwarzen Knöpfen machte sie Augen. Mund und Nase stickte sie mit braunem Garn.

»Er sieht genauso aus wie mein Bärenkind«, sagte das kleine Mädchen und nahm den Teddy glücklich in die Arme.

Am Abend legte es ihn in ihren Puppenwagen und deckte ihn zu. Doch als die Nachbarskinder den Stoffbären sahen, wollten sie auch mit ihm spielen. Damit es keinen Streit gab, nähte die Mutter für jedes Kind einen eigenen Teddybären. Immer mehr Kinder kamen und wollten einen Bären von ihr, immer mehr und immer mehr. Und die Mutter des kleinen Mädchens nähte und nähte.

Vielleicht näht sie noch heute.

Die Wolkenreise

Einst liebte der Wind
ein Wolkenkind.
Weiß, duftig und zart
nach Wolkenart,
zog es über den Himmel geschwind.

»Komm mit mir auf die große Reise!
Ich zeig dir die Welt auf meine Weise!«,
lockte der Wind
das Wolkenkind.

»Ich zeige dir Wälder,
Wiesen und Felder,
grüne Steppen mit wilden Pferden,
Rinderherden,
Wolkenkratzer und einsame Wüsten,
hohe Berge und steile Küsten.
Ich zeige dir Schiffe,
Korallenriffe
und bring dich ganz ohne Geld
rund um die Welt.«

Da seufzte das Wölkchen tief
und rief:
»Ich kann nicht mit dir gehn,
auf Wiedersehn!
Schön war es dir zu begegnen,
aber jetzt muss ich leider regnen.«

Der Hase und der Esel

Vor langer Zeit konnten alle Tiere noch miteinander reden. »Guten Morgen!«, zwitscherte die Kohlmeise jeden Tag, wenn sie der Haselmaus begegnete, und der Igel erkundigte sich beim Maulwurf nach der Gesundheit der verehrten Frau Gemahlin.

Damals quälte den Esel die Frage, warum er so lange Ohren habe. Jedes Mal, wenn er sein Spiegelbild im Wasser betrachtete, schrak er vor ihm zurück. Warum, wozu, wieso?, grübelte er, ohne eine Antwort darauf zu finden.

Eines Tages traf er auf einem Spaziergang einen Hasen.

»Hallo!«, rief er erstaunt und betrachtete die langen Hasenohren. »Sind wir verwandt? Bist du vielleicht ein Vetter von mir?«

»Nicht, dass ich wüsste«, antwortete der Hase mit wackelnden Barthaaren.

»Aber warum hast du dann so lange Ohren?«

»Das hat mehrere Gründe«, erklärte der Hase. »Erstens kann ich mit ihnen den Jäger früher hören als alle anderen Tiere. Das gibt mir genügend Zeit, um zu flüchten.«

»Und zweitens?«, fragte der Esel.

»Höre ich gern Musik«, sagte der Hase.

»Wie bitte?«, rief der Esel verdutzt, weil er annahm sich verhört zu haben.

»Ich habe so große Ohren, damit ich besser Musik hören kann«, wiederholte der Hase.

»Hahaha!«, lachte der Esel so laut, dass der Hase vor Schreck einen Luftsprung machte. »Wo hörst du hier Musik? Ich kann nichts hören. Gar nichts.«

»Das ist aber sehr traurig für dich«, bedauerte ihn das Häschen. »Die Welt ist voll Musik. Du musst nur still sein und zuhören können.«

Da schwieg der Esel.

Und plötzlich hörte er, wie der Wind die Blätter in den Bäumen aneinander rieb. Ein Rotkehlchen schwirrte durch die Büsche. Der Bach murmelte und plätscherte über die Steine. Am Ufer quakte ein Frosch und in den Wiesen zirpten die Grillen. Hoch oben in dem Wipfel einer Birke hockte eine Amsel und flötete ihr Lied.

»Ich hab gar nicht gewusst, dass man seine Ohren auch dafür gebrauchen kann«, flüsterte der Esel andächtig. »Jetzt weiß ich, wofür sie gut sind. Vielen Dank, Vetter Langohr.«

Doch das hörte der Hase bereits nicht mehr. Er hatte schon längst das Weite gesucht.

Der König und der Müller

Eines Tages ritt der König auf die Jagd. Bei der Verfolgung eines Hirsches entfernte er sich viel weiter von seinem Schloss, als er eigentlich vorgehabt hatte. Die Sonne ging schon unter. Es wurde kalt und er wurde hungrig. Deshalb begann er sich nach einer Herberge umzusehen, in der er die Nacht verbringen könnte.

Nach einer Weile entdeckte er weit in der Ferne ein Licht. Er ritt näher und kam zu einer Mühle.

»Heda!«, rief der König. »Macht auf!«

»Wer ist draußen?«, fragte der Müller, der ein vorsichtiger Mann war.

»Ich, der König«, antwortete der König. »Es ist schon spät. Ich muss die Nacht bei euch verbringen.«

»Schon gut«, brummte der Müller, der wenig erfreut über die Störung war.

»Bringt mein Pferd in den Stall!«, befahl der König. »Und versorgt es gut!«

»Das geht nicht«, erklärte ihm der Müller. »Im Stall steht mein Esel. Da ist kein Platz mehr für dein Pferd.«

»Dann wirf deinen Esel hinaus!«, schrie der König wütend. »Mein kostbares Pferd braucht einen Stall!«

»Mit der Bitte um Vergebung, aber mein Esel ist für mich mindestens so kostbar wie dein Pferd für dich, Majestät«, widersprach ihm der Müller.

»Dass ich nicht lache!«, rief der König. »Du willst einen stinkigen Mülleresel mit dem Pferd eines Königs vergleichen? Ein Pferd ist ein stolzes Tier. Es ist das Reittier für Ritter und Könige und außerdem ist es sehr teuer!«

»So stolz wie dein Pferd ist mein Esel auch. Ihr solltet nur mal sehen, wie hoch er seine Beine wirft, wenn ich mit der Futterschüssel auf die Weide komme.«

»Aber mein Pferd ist schön«, trumpfte der König auf.

»Mein Esel ebenfalls und wer es nicht glauben will, der braucht nur die Eselin des Jockelbauern zu fragen.«

»So klug wie mein Pferd kann dein Esel nicht sein«, behauptete der König.

»Kann dein Pferd den Riegel an seiner Stalltür aufmachen? Kann es den Deckel zu seiner Futterkiste öffnen? Kann es mit dem Wassereimer klappern, wenn es durstig ist? Weiß es allein den Weg nach Hause, wenn sein Herr zu viel getrunken hat? Ist es …«

»Schon gut, schon gut«, besänftigte der König den Müller. »Ich glaub's dir ja, aber jetzt führ deinen Esel aus dem Stall, damit mein Pferd Platz darin hat.«

Da holte der Müller seinen Esel heraus und führte ihn über den Hof und den Weg hinunter.

»He!«, schrie der König ihm nach. »Wohin gehst du?«

»Mein Esel braucht einen Stall geradeso wie dein Pferd«, erklärte ihm der Müller. »Und deshalb bringe ich ihn hinüber zu meinem Nachbarn, dem Jockelbauern.«

»Aber wo wohnt der denn?«, wollte der König wissen. »Weit und breit ist kein Haus zu sehen.« Er erinnerte sich daran, dass er ziemlich lange durch den Wald geritten war, bis er die Mühle gefunden hatte.

»Mein Nachbar wohnt einen halben Tagesritt von hier. Wartet nur auf mich, Herr König! Morgen früh bin ich wieder zurück. Dann will ich dein Pferd in den Stall stellen und es so gut versorgen, wie du befiehlst. Und dich werde ich dann auch bewirten, wie es einem König geziemt.«

Da erkannte der König auf einmal die Treue und Aufrichtigkeit des Müllers.

»Bleib da!«, sagte er. »Für mein Pferd gibt es vielleicht auch einen Platz unter dem Vordach deines Hauses. Ich wollte deinen Esel nicht herabsetzen. Es kommt eben alles auf den richtigen Blickpunkt an.«

Und er schenkte dem Müller einen Beutel voll Gold für seine Standfestigkeit.

Die alte Eselin

Am Rande der Wüste lebte einmal ein angesehener Kaufmann. Sein einziger Sohn hieß Ali. Als Ali noch klein war, fühlte er sich oft sehr einsam. Weit und breit gab es keine anderen Jungen oder Mädchen, mit denen er spielen konnte.

Eines Tages beobachtete er im Hof des Hauses, in dem er mit seinem Vater lebte, eine alte Eselin. Sie musste immer im Kreis herumlaufen und damit ihr dabei nicht schwindlig wurde, hatte man ihr die Augen verbunden. Unter ihren Hufen trennten sich die Körner von den Halmen. Ali bekam Mitleid mit dem Tier. Er bat seinen Vater ihm die Eselin zu schenken.

Der Vater schüttelte verständnislos den Kopf, doch er erfüllte seinem Sohn den Wunsch.

Von da an war Ali viel mit der Eselin zusammen. Er fütterte und tränkte sie. Er bürstete ihr das Fell, bis es glänzte, und er sorgte dafür, dass ihr Stall immer sauber war. Dafür trug ihn die Eselin jeden Tag zur Schule oder zog ihn mit einem Wägelchen durch die Palmengärten des Vaters.

Manchmal redete Ali auch mit ihr. Dann erzählte er ihr alle seine Erlebnisse, traurige und fröhliche.

Eines Tages sagte sein Vater zu ihm: »Du bist jetzt alt genug. Geh und suche dir eine Frau!«

Da machte sich Ali auf den Weg. Er brauchte nicht weit zu

gehen. Im Nachbardorf, jenseits der großen Sanddünen, lebte ein anderer Kaufmann, der ebenso reich wie sein Vater war. Dieser Kaufmann hatte drei Töchter. Alle waren wunderschön. Doch keine von ihnen war schöner als die andere. Nichts war an ihnen auszusetzen.

Ali nahm sich ein Herz, trat vor ihren Vater und fragte ihn: »Gibst du mir eine von deinen Töchtern zur Frau, Herr?«

Der Kaufmann betrachtete den jungen Mann und was er sah, gefiel ihm. Dann zog er Erkundigungen nach seiner Herkunft ein und erfuhr, dass er der Sohn eines ebenso reichen Kaufmannes war wie er selbst. Und weil er mit dem allen zufrieden war, fragte er ihn: »Welche von meinen Töchtern hättest du gern? Sulamith, Suleika oder Sarina?«

Da sich Ali nicht so schnell entscheiden konnte, sagte er schnell und ohne nachzudenken: »Ich nehme Sulamith und hole sie ab, sobald wir das Hochzeitsfest vorbereitet haben.«

Dem Kaufmann war es recht so.

In der folgenden Nacht träumte Ali von seiner Eselin. »Nimm mich mit, wenn du deine Braut heimführst!«, bat sie ihn.

»Aber natürlich, gern«, versprach ihr Ali.

Am Hochzeitsmorgen, als ihn sein Diener mit einem prachtvoll geschmückten Kamel begleiten wollte, schickte er ihn weg. Er holte die Eselin aus dem Stall und ritt mit ihr über die großen Sanddünen bis zum Haus des Vaters der Mädchen.

»Ali steht draußen, um dich zu holen«, sagte der Vater zu Sulamith.

Doch Sulamith hatte erwartet mit großer Pracht abgeholt zu werden. Als sie die alte Eselin sah, weigerte sie sich mitzugehen. »Da mach ich mich ja lächerlich! Die Braut eines Kaufmannssohnes auf einem hässlichen alten Esel! So eine Schande! Nein, nein, nein!«

»Nun gut«, sagte Ali verdrossen. »Dann nehme ich eben Suleika.«

Aber auch Suleika begann zu jammern und zu klagen.

Das hörte Sarina, die jüngste der drei Schwestern. Sie hatte durch ein kleines Fenster beobachtet, wie Ali seine Eselin zärtlich in der Mähne kraulte.

»Wenn ihr ihn nicht wollt, dann nehme ich ihn!«, rief sie fröhlich und lief hinaus. Ali hob sie auf den Rücken der Eselin und so zogen sie über die großen Sanddünen zum Haus von Alis Vater.

Sie feierten eine prunkvolle Hochzeit und wurden sehr glücklich miteinander. Mit Sarina hatte Ali die richtige Frau gefunden. Doch ohne die alte Eselin wäre ihm das wohl nicht gelungen.

Joschi

Joschi lebte in einem großen zoologischen Garten. »Original afrikanischer Wüstenesel« stand auf dem Schild an seinem Zaun.

Auf der einen Seite seines Geheges wohnten zwei Giraffen, und auf der anderen planschte ein Nilpferd in einem künstlichen See.

Die Kinder, die den Zoo besuchten, fütterten Joschi mit Zucker und Keksen. Manchmal waren auch Gummibärchen und Wurstbrote dabei. Doch davon bekam er Bauchweh.

Sonst ging es ihm gut. Er brauchte nicht zu hungern und in seinem Auslauf stand ein schöner sauberer Stall.

Am Wochenende zog ihm der Wärter ein Halfter an und legte ihm eine bunte Decke auf den Rücken.

Dann durften die Kinder auf Joschi reiten. Er lief mit ihnen die Wege entlang und achtete darauf, dass sie nicht herunterfielen.

Alles wäre in Ordnung gewesen, wenn er sich nicht so einsam gefühlt hätte. Das Nilpferd war immer mit Planschen beschäftigt und die beiden Giraffen unterhielten sich nicht mit jemandem, der so viel kleiner war als sie. Deshalb stand Joschi oft traurig in einer Ecke und ließ den Kopf hängen.

Als der Wärter ihm eines Tages sein Futter brachte und Joschi nicht mehr fressen wollte, rief er erschrocken: »Ich muss sofort den Tierarzt holen!« Er eilte hinaus und vergaß die Tür zu dem Gehege abzuschließen.

Da war es, wie wenn ein kleiner Luftzug Joschi aufweckte. Er hob den Kopf und entdeckte die halb offene Tür. Und kurz entschlossen setzte er Fuß vor Fuß und ging hinaus.

Das Nilpferd hörte auf zu planschen, als es ihn sah, und die Giraffen starrten ihm verblüfft nach.

An diesem Tag herrschte am Eingangstor besonders großes Gedränge. Ohne aufzufallen, erreichte Joschi die Straße.

»Mama, ein Esel!«, plärrte ein kleines Mädchen und zog die Mutter am Rock.

»Esel gibt's viele«, brummte die Mutter unwirsch und kramte in ihrer Tasche nach dem Geldbeutel. »Das ist doch nichts Besonderes.«

Doch als Joschi die Straße überquerte, mussten einige Autos scharf bremsen. Das störte ihn nicht weiter.

Nachdem die Stadt hinter ihm lag, begann er zu traben. Er trabte einen Wiesenweg entlang, durchquerte einen Wald und kletterte schließlich auf einen kleinen Hügel.

Dort blieb er stehen und sah sich um. Weit hinten im Tal lag ein Bauernhof und von da klang ein kläglicher Schrei an Joschis Ohren. He, war das nicht der Schrei eines einsamen kleinen Esels? War das vielleicht der Ruf eines Freundes? Joschi beschloss sofort der Sache auf den Grund zu gehen.

So schnell er konnte galoppierte er los.

»Beim heiligen Hubertus, ein Esel!«, schrie ein Jäger ganz erschrocken. Er hockte am Waldrand und zählte die Rehe.

Ein Fischer plumpste vor Schreck in den Bach und ein Bauer wäre beinahe mit seinem Traktor in den Graben gefahren.

Joschi eilte im schnellsten Eselsgalopp dorthin, von wo der Schrei gekommen war. Dort fand er eine kleine einsame Eselin.

»Unsere Molly hat Besuch bekommen«, sagte die Bäuerin zu ihrem Mann. »Er muss jemandem davongelaufen sein.«

Der Bauer fragte viele Leute, ob sie einen Esel verloren hätten. Er setzte eine Suchanzeige in die Zeitung und rief sogar das Tierheim an. Doch als sich niemand meldete, der Anspruch auf Joschi erhob, behielt er ihn einfach.

Im Zoo erfuhr keiner, wo Joschi hingelaufen war. Sein Gehege erhielten die Giraffen noch dazu. Sie erwarteten nämlich Nachwuchs.

Von da an fühlte sich Joschi nie mehr einsam. Er hatte ja schließlich Molly gefunden.

Der Esel und der Elefant

Kurz nachdem er die Welt erschaffen hatte, machte der liebe Gott einmal einen Spaziergang durch Afrika. Er wanderte durch die Wüste, den Urwald und über die Steppen und er war stolz auf das, was er geschaffen hatte. Elefanten begegneten ihm, Löwen, Affen, Gazellen, Flamingos und viele andere Tiere.

Doch weil der liebe Gott schon ziemlich alt und ein bisschen kurzsichtig war, fiel es ihm oft schwer, die Tiere voneinander zu unterscheiden. Sie hatten nämlich alle noch keine Farbe.

Deshalb sagte er einmal »Guten Morgen, Leopard!« zur Gazelle und »Fein, dich zu treffen, Giraffe!« zum Flamingo. Dann erklärten ihm die Tiere entrüstet, dass er sich geirrt habe.

So geht das nicht weiter, dachte der liebe Gott. Dagegen muss ich etwas tun.

Er schickte ein paar Vögel in seine Werkstatt, um Farbtöpfe zu holen, und rief alle Tiere zusammen.

»Ich will euch ein bisschen anmalen«, erklärte er ihnen. »Damit man euch besser voneinander unterscheiden kann.«

Niemand wollte der Erste sein. Doch schließlich trat das Zebra vor. »Mir ist's recht«, sagte es. »Mal nur zu!«

Und weil der liebe Gott den anderen Tieren zeigen wollte, was er konnte, gab er sich mit dem Zebra besondere Mühe.

Er malte schwarze Längsstreifen, dann Schrägstreifen und

Querstreifen, mal dick und mal dünn, wie es gerade so auf den Körper passte.

»Bravo!«, jubelten die Tiere, als er fertig war und seine Pinsel auswusch. Da lief das Zebra gleich neugierig zum nächsten Wasserloch, um sich darin zu betrachten.

Jetzt drängte sich der Leopard vor. Er bekam dunkle Flecken auf sein gelbes Fell getupft. Die Giraffe wurde mit einem Netzmuster überzogen und die Gazellen erhielten weiße Bäuche und schwarze Striche an den Seiten.

So arbeitete der liebe Gott und merkte nicht, dass ihm allmählich die Farbe ausging. Am Ende waren nur noch der Esel und der Elefant übrig. Doch die Farbtöpfe waren leer.

»Bitte, bitte!«, schrie und jammerte der Esel. »Mal mir irgendein Zeichen auf den Rücken, sonst verwechseln mich die Leute mit dem Elefanten, weil ich genauso grau bin wie er. Dann fangen sie mich ein und brechen mir die Zähne aus, weil sie es als Elfenbein verkaufen wollen!«

»Ach je!«, klagte der liebe Gott. »Ich hab nichts mehr. Alle meine Farben sind schon verbraucht.«

Da zupfte ihn ein kleiner Vogel an der Kutte.

»An dem Pinsel ist noch etwas schwarze Farbe«, piepste er. »Das könnte reichen.«

Der liebe Gott nahm seinen Pinsel und malte dem Esel ein schwarzes Kreuz auf den Rücken. Den allerletzten Rest strich er auf die Gelenke.

»Bist du jetzt zufrieden?«, fragte er, als er fertig war.

»Iah!«, schrie der Esel und trabte davon.

Nur der Elefant blieb für immer einfarbig grau. Bei seiner Größe hätte der liebe Gott zu viel Farbe verbrauchen müssen.

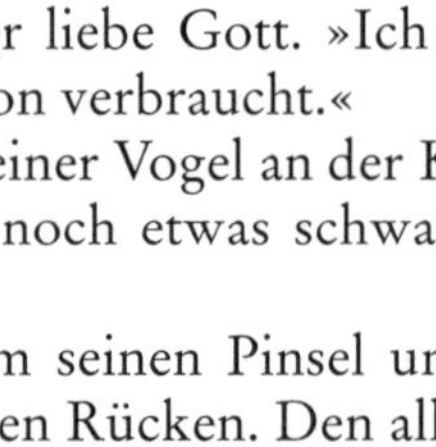

Der Spielmann und die Jasminprinzessin

Mein Großvater hatte von seinem Vater eine abenteuerliche Geschichte gehört, die vor langer, langer Zeit einem Urahnen von uns zugestoßen sein soll.

»Dieser Ururgroßvater«, erzählte mein Großvater, »lebte zu einer Zeit, in der es noch keine Autos gab. Wenn damals jemand behauptet hätte, dass eines Tages eine Kutsche ohne Pferde durch das Land rollen würde oder von Menschen gemachte Vögel aus Metall durch die Lüfte flögen, wäre er wahrscheinlich als Lügner und Narr, vielleicht auch als Hexer oder Scharlatan angeklagt und vor Gericht gestellt worden.«

In jener Zeit glaubten die Menschen noch an Zauberer und Feen, an Elfen, Zwerge, Wassermänner, Nixen und viele andere wunderbare Wesen. In jener Zeit hausten noch echte Ritter in echten, eisernen Rüstungen auf ihren Ritterburgen und ihre Frauen trugen spitze Hauben auf dem Kopf, die wie umgestülpte Zuckertüten aussahen, so wie sie die Kinder heute an ihrem ersten Schultag geschenkt bekommen.

Kurz, es war schon ziemlich lange her, da zog mein Ururahn als Spielmann mit seiner Fidel durch das Land. Er wanderte von Hochzeit zu Hochzeit, von Kindstaufe zu Kindstaufe und von einem Jahrmarkt zum nächsten Jahrmarkt und spielte zum Tanz auf oder erfreute das Volk mit kleinen lustigen Liedern. Er war noch jung und wenn wir ihn gekannt hätten, hätten wir uns sicherlich auch der Meinung vieler Mädchen angeschlossen, die ihn recht ansehnlich fanden. Außer seiner Fidel und dem, was er anhatte, besaß er keinen roten Heller, geschweige denn einen goldenen Taler, aber das störte niemanden und am wenigsten ihn selbst. Oft musste er unter einem Baum im Freien nächtigen. Viele Leute hätten da Angst gehabt, denn zur damaligen Zeit hat es Dinge gegeben, vor denen man hätte Angst haben können, kleine Teufel zum Beispiel oder Gespenster.

Doch der Spielmann fürchtete sich nicht. Er fühlte sich draußen unter den Sternen wohl. Nachdem er sein Abendgebet verrichtet hatte, legte er seinen Kopf auf den Kasten, in dem er die Fidel mit sich herumtrug und schlief ein, bis ihn am nächsten Morgen die Sonne wieder weckte. Vor Räubern oder anderem Diebesgesindel hatte er keine Angst, denn außer seiner Fidel hätten sie bei ihm nichts zum Rauben gefunden. Was sollten sie auch mit einer Fidel anfangen, auf der sie nicht spielen konnten.

Es ergab sich nun, dass der Spielmann einige Tage weder auf einer Hochzeit oder einer Kindstaufe noch auf einem Jahrmarkt hatte spielen können, aus dem einfachen Grund, weil weit und breit kein solches Fest gefeiert wurde. Das war nicht gut, denn er hatte Hunger. Da er nun nichts zu essen fand, wollte er wenigstens spielen und weil niemand da war, dem er zum Tanz aufspielen konnte, spielte er einfach für die kleinen Mücken. Für die Mücken war das ein besonderes Fest, denn im Allgemeinen müssen sie ohne Musik tanzen. Deshalb nutzten sie diese Gelegenheit, tanzten und schwirrten so lange um den Spielmann herum, bis er seinen Hunger vergaß.

»Ach«, seufzte er, »ist das Leben schön, wenn schon die Mücken nach meiner Fidel tanzen!«

Wenn er nun aber glaubte, er sei allein und weit und breit kein anderer Mensch, so irrte er sich gewaltig, denn unter einem Busch, ganz in seiner Nähe, saß die Jasminprinzessin und hörte ihm zu. Eigentlich hätte sie schon längst zu Hause sein sollen, aber sie hatte sich am Morgen über ihre spitzhaubige Amme geärgert und war ausgerissen. Sie befand sich gerade wieder auf dem Rückweg und da sie von irgendwoher Musik gehört hatte, war sie den Klängen gefolgt. Als sie die Mücken in der Luft tanzen sah, kam ihr das sehr komisch vor und sie musste kichern.

»Wer bist du?«, fragte sie der Spielmann, der auf sie aufmerksam geworden war.

»Ich bin die Jasminprinzessin«, antwortete die Jasminprinzessin.

»Und warum sitzt du unter diesem Busch?«, wollte der Spielmann wissen.

»Weil's mir da gefällt«, entgegnete die Jasminprinzessin.

»Du gefällst mir auch«, sagte der Spielmann.

Da stand sie auf, sagte schnell: »Jetzt muss ich aber gehen«, und rannte sehr unprinzessinnenhaft mit wehenden Röcken davon.

»Nein, aber so was«, brummte der Spielmann und schüttelte den Kopf. Dann hörte er auf zu spielen, richtete sich sein Nachtlager her und schlief bis zum anderen Morgen. An diesem Tag fand er einen Jahrmarkt, am Tag darauf eine Hochzeit und wieder einen Tag später eine Kindstaufe, auf denen er den Gästen aufspielte. Doch erstaunlicherweise klang seine Fidel nicht mehr so lustig wie früher und die Leute fragten ihn oft: »Spielmann, guter Spielmann, was ist mir dir? Du siehst traurig aus und deine Fidel klingt, als ob sie weine?«

Aber der Spielmann wusste selbst nicht, was mit ihm los war. Langsam, von Hochzeit zu Kindstaufe und von da zu den Jahrmärkten wandernd, näherte er sich dem Königsschloss.

Doch bevor ich vom Spielmann weitererzähle, möchte ich doch noch erwähnen, dass auch die Jasminprinzessin, seitdem sie die Mücken nach einer Fidel tanzen sah, ein wenig stiller geworden war. Nicht sehr viel, aber gerade genug, dass ihre ahnungslose Amme neue Hoffnung schöpfte und stolz zum König sagte: »Eure Majestät hätten die Güte bemerken zu wollen«, hier unterbrach sie sich und machte einen Knicks, »– bemerken zu wollen, dass meine große Geduld mit der Erziehung ihrer Hoheit, der Prinzessin –«, hier legte sie eine Pause ein, »– nun endlich Früchte zu tragen scheint.« Dabei machte sie noch einmal einen tiefen Knicks und ihre spitze Haube rutschte nach vorne. Darüber musste die hinter ihr stehende Jasminprinzessin lachen und der erste Kammerherr zog schnell sein Taschentuch aus der Hosentasche und schnäuzte sich die Nase.

Inzwischen war der Spielmann dem Schloss schon ziemlich nahe gekommen. Weil er müde war, hockte er sich an den Rand eines kleinen Tümpels und ruhte sich aus. Am Ufer stand ein Fischreiher. Blitzschnell stieß er den Schnabel ins Wasser und, als er ihn wieder herauszog, hielt er darin einen kleinen Fisch. Wenn Fische um Hilfe schreien könnten, so hätte dieser es sicher getan. Jetzt blieb ihm nichts weiter übrig, als verzweifelt nach Wasser zu schnappen.

Der Spielmann erkannte seine Angst. Er klatschte kurz in die Hände, woraufhin der Fischreiher seine Beute gleich fallen ließ und erschrocken davonflatterte. Der Fisch schwamm ans Ufer, streckte den Kopf aus dem Wasser und sagte: »Du hast mir das Leben gerettet. Dafür danke ich dir. Wenn du mich einmal brauchst, komm hierher zurück und rufe mit deiner Fidel. Dann werde ich alles in meiner Macht Stehende tun, um dir zu helfen.« Weg war er.

Der Spielmann wunderte sich, denn obwohl es damals viel erstaunlichere Dinge gab als heute, begegnete man nicht alle Tage einem sprechenden Fisch.

Na, so was, dachte er. Wie will denn ein so kleiner Fisch mir helfen? Dann hängte er seine Fidel über den Rücken und ging seiner Wege.

Er war erst ein kurzes Stück weitergekommen, als sich ein neues Unglück ankündigte. Aufgeregt krächzend flatterte eine Rabenmutter über einen Baum. Als sich der Spielmann dem Baum näherte, sah er, dass eines der Rabenkinder aus dem Nest gefallen war. Es ist nämlich nicht wahr, dass eine Rabenmutter eine schlechte Mutter ist, und wenn das jemand behauptet, so ist es falsch. Aber das nur nebenbei. Der Spielmann zögerte nicht lange. Er hob das kleine Rabenkind auf, kletterte auf den Baum und legte es zurück ins Nest zu den anderen jungen Raben.

»Danke«, sagte die Rabenmutter, »wenn du mich einmal brauchst, weißt du ja jetzt, wo du hingehen musst. Spiel nur auf deiner Fidel, dann komme ich!«

»Jaja«, antwortete der Spielmann und vergaß es gleich wieder.

Nach einer Weile kam er an ein großes, kahles Feld. Kaum ein kümmerlicher Grashalm wuchs dort, nur hie und da ein kleines grüngelbes Moospolster. Sonst lagen nur Steine herum. Als er müde wurde, setzte er sich hin, um ein wenig auszuruhen. Da bemerkte er neben sich eine kleine blaue Blume.

»Ich bin so allein«, klagte sie, und das verstand der Spielmann gut, denn weit und breit sah er keine andere Blume oder zumindest nur eine grüne Pflanze, die ihre Einsamkeit mit ihr geteilt hätte. Voll Mitleid grub er sie mit allen ihren Würzelchen aus und nahm sie mit. Irgendwo, an der nächsten grünen Stelle, unter einem Busch am Rand eines Bächleins, pflanzte er sie wieder ein.

»Danke schön«, sagte die Blume zu ihm, »wenn du einmal in Not kommst, brauchst du es mir bloß zu sagen.« Da musste der Spielmann lächeln. Er drehte sich schnell um, damit sie es nicht sähe und ging weiter.

Am selben Abend erreichte er das Schloss des Königs. Dass es das prächtigste Schloss weit und breit war, versteht sich von selbst. Es war von hohen Mauern umgeben, die von zahlreichen Türmen überragt wurden. Es waren sicher mehr Türme, als ich Finger an meiner Hand habe. Eine mächtige Ziehbrücke vor dem Tor spannte sich über einen tiefen Wassergraben. Da im Augenblick Frieden im Land herrschte, stand das Tor offen. Weil der nächste Ort noch viele Meilen entfernt und die Dämmerung schon hereingebrochen war, entschloss sich der Spielmann, im Schloss um ein Stück Brot zu bitten, und sich danach unter dem nächsten Baum sein Nachtlager herzurichten.

Er klopfte an die Küchentür. Der Koch machte ihm auf und hörte seine Bitte. Da er ein freundlicher Mann war, nahm er ihn gleich mit in die Küche und setzte ihm, unter der Bedingung, dass er nachher ein wenig zum Tanz aufspiele, eine gute Mahlzeit vor. Man darf nicht vergessen, dass damals ein herumziehender Musikant eine willkommene Abwechslung in dem manchmal sehr eintönigen Hofleben bedeutete.

Als der König hörte, dass Musik aus der Küche erklang, ließ er den Spielmann sofort in den Thronsaal holen, damit er auch ihm und seiner Hofgesellschaft mit seiner Fidel ein wenig die Zeit vertreibe. Unter ihnen befand sich auch die Jasminprinzessin. Erstaunt riss sie die Augen auf, als sie den Spielmann wieder erkannte: Das war doch … nein, oder doch, – natürlich, das war ihr Mückenspielmann! Auch der Spielmann hatte sie gleich wieder erkannt, sich aber nichts anmerken lassen.

»Tanzt, tanzt!«, rief der König und das musste er nicht zweimal sagen.

Der Haushofmeister ergriff die Amme der Prinzessin und tanzte mit ihr durch den Saal. Die Höflinge mit den Hofdamen und die Stallknechte mit den Küchenmädchen folgten ihrem Beispiel. Alle tanzten und hopsten, dass die Schleier nur so flogen, und die spitzigen Zuckertütenhauben der Damen gefährlich ins Wanken gerieten.

Aber das müsst ihr euch selbst ausmalen, denn wenn ich euch das ganze Fest beschreiben wollte, würde ich diese Geschichte kaum zu Ende erzählen können. Der Spielmann fiedelte und alle, sogar der König, tanzten wie wild. Nur die kleine Jasminprinzessin tanzte nicht, aber das fiel außer dem Spielmann niemandem auf.

Schließlich, als sie ein wenig müde geworden waren, müde und schläfrig, denn der königliche Mundschenk hatte ein Fass Wein anzapfen lassen, befahl der König leutselig lächelnd: »Spielmann, das war ein so lustiger Abend wie schon lange nicht mehr – wünsch dir was!« Das war etwas leichtsinnig von ihm. Aber für diesen Leichtsinn war der königliche Mundschenk verantwortlich und sonst niemand.

Der Spielmann besann sich nicht lange und nutzte die günstige Gelegenheit. Er schnaufte tief, fasste sich ein Herz und antwortete dann: »Ich wünsche mir die Jasminprinzessin zur Frau!«

Aber so berauscht war der König nun doch nicht, dass er nicht gleich begriff, wie ungeheuerlich dieser Wunsch war.

»Ha«, schrie er und lief blaurot an wie eine reife Pflaume, »ha, du … du … du frecher Lump, du Gauner, Schlawiner, du Mädchenverführer. Mein einziges Kind soll ich dir armem Spielmann zur Frau geben. Da soll dich doch gleich …«

Aber ach, der bedauernswerte und äußerst beschwipste Herrscher konnte den Satz nicht mehr beenden, weil er von seinem Thron auf den Boden rutschte und unverzüglich zu schnarchen begann. Den Hofleuten blieb nichts anderes übrig, als seine Majestät an Händen und Füßen zu packen und auf diese Weise ins königliche Himmelbett zu befördern.

Es wurde nicht besonders erwähnt, aber ich nehme an, dass der Spielmann, obwohl man ihm eine kleine Schlafkammer mit einem weichen Bett zuwies, in dieser Nacht nicht gut geschlafen hat.

Am nächsten Morgen befahl ihn der König zu sich, denn er hatte sich die Sache inzwischen überlegt.

»Also, guter Spielmann«, begann er mit scheinheiliger Freundlichkeit, »du bekommst meine Tochter, wenn du mir eine schwierige Aufgabe lösen kannst. Gelingt dir das nicht – nun ja –«, er zuckte gleichgültig mit den Schultern und lächelte dabei auf grausame Weise, »dann lasse ich dir eben den Kopf abschlagen. Das kannst du dann als Belohnung für deine Frechheit ansehen. Bist du damit einverstanden?«

Wenn es erlaubt ist zu sagen, so war das wieder einmal eine sehr dumme Frage von dem König. Wer kann schon damit einverstanden sein, dass ihm der Kopf abgeschlagen wird?

»Bring mir den Vogelbär!«, befahl der König und lachte siegessicher, denn er wusste genau, dass es so ein Tier nirgendwo auf der Welt gab. Doch der Spielmann hatte keine andere Wahl, als fortzugehen und einen Vogelbären zu suchen.

Ich armer Hanswurst, dachte er voller Selbstmitleid, wo soll ich ein solches Fabelwesen hernehmen, ohne zu zaubern? Und er stellte es sich als einen riesigen braunen Vogel mit einem Bärenkopf vor. Er sah schon in Gedanken vor sich, wie seine Gestalt brummend auf ihn zukam. Und dann wusste er plötzlich nicht mehr, sollte er nun nach einem Vogel mit einem Bärenkopf Ausschau halten, vielleicht würden ihm auch am Rücken Flügel gewachsen sein und Bärentatzen statt Vogelbeine, oder wäre es vielleicht doch ein Bär mit einem Vogelkopf?

In seiner Verzweiflung merkte der Spielmann nicht, wo er hinlief. Ehe er sich versah, befand er sich wieder in der Nähe des Baumes, der das Nest der Rabenfamilie trug. Aber das wusste er nicht. Traurig setzte er sich hin, nahm seine Fidel und begann zu spielen. Er spielte einfach irgendetwas, ganz gleich, ob es richtig oder falsch war. Also, das muss schlimm und völlig disharmonisch geklungen haben, denn plötzlich senkte sich ein schwarzer Schatten vor ihm auf den Boden.

»Hör auf, hör bloß auf!«, krächzte ihn die Rabenmutter an. »Da singen ja meine Rabenkinder besser als du Geige spielst.«

Ja, das behauptete sie wirklich. Als ob irgendjemand schon ein-

mal kleine Raben singen gehört hätte – aber das ist hier unwichtig. Wichtig war nur der Kummer des Spielmannes.

»Also«, sagte die Rabenmutter, nachdem er ihr alles gebeichtet hatte, »darüber muss ich erst lange nachdenken!« Sie kauerte sich auf einen Ast, steckte den Kopf unter einen Flügel, schloss die Augen und dachte nach.

Da hockte sie nun die ganze Nacht, den nächsten Tag, die folgende Nacht und den ganzen übernächsten Tag. Wäre der Spielmann nicht schon sehr verzweifelt gewesen, dann wäre er es jetzt vollends geworden.

Am Morgen des dritten Tages hörte er, wie die Rabenmutter mit sich selbst zu reden begann: »Vogelbären, Vogelbären? Was hat ein kleiner Vogel mit einem wilden Bären und umgekehrt ein Bär mit einem Vogel zu tun? Ein Bär mit einem Vogel und ein Vogel mit einem Bären –« Sie seufzte laut, weil sie das Nachdenken anstrengte. »Vogelbären –«, und wiederholte noch einmal »Vogelbären –«, und krächzte auf einmal: »Ich habe die Lösung! - Sag, Spielmann, hat dir der König die Aufgabe schriftlich gestellt?«

»Natürlich nicht, aber was ändert das …?«

Doch da war die Räbin schon weggeflogen. Als sie zurückkam, hielt sie einen kleinen Zweig im Schnabel.

»Da«, krächzte sie fröhlich, soweit eine Rabenstimme fröhlich klingen kann, »da, bring das dem König und sage ihm, ab und zu sei ein kleiner Rabe doch noch ein bisschen klüger als ein großer König!«

Es war ein Zweig mit grünen Blättern und kleinen roten Beeren.

»Aber«, stotterte der Spielmann, »das sind doch nur kleine Beeren, wie Himbeeren, Erdbeeren, Brombeeren ...«

»Und das sind Vogelbeeren – verstehst du denn nicht, du Dummkopf!«, unterbrach ihn die Rabenmutter ärgerlich. Da endlich verstand der Spielmann, was sie meinte.

»Vielen Dank, Frau Rabe, vielen Dank!« Er nahm den Zweig und eilte zum Schloss zurück.

Der König, erstaunt über die rasche Rückkehr des Spielmannes, erwartete gespannt, wie dieser eine Aufgabe gelöst haben wollte, die seiner Meinung nach unlösbar war.

Als er aber den Zweig mit den Vogelbeeren sah, wunderte er sich sehr, schüttelte den Kopf, runzelte die Stirn und lachte dann, schüttelte wieder den Kopf, runzelte die Stirn und brummte: »Hm, hm!«

Das klang bedenklich und der Spielmann zog es vor, die Botschaft der Rabenmutter für sich zu behalten, womit er den Satz meinte, in dem etwas von einem gescheiten kleinen Raben und einem dummen, großen König vorkam.

»Hm, hm!«, brummte der König noch einmal. »Du bist gerissener als ich angenommen hatte. Aber so habe ich es eigentlich nicht gemeint.«

Wie er es wirklich gemeint hatte, erläuterte er nicht weiter. »Aber du hast dir zu helfen gewusst und deswegen werde ich dir, bevor du den Kopf abgeschlagen bekommst, noch eine zweite Aufgabe stellen. Wenn du sie lösen kannst, was ich für meinen Teil nicht glaube, sollst du meine Tochter erhalten und dazu noch mein halbes Reich.«

»Bitte«, antwortete der Spielmann, »bitte, Herr König, mir langt die Prinzessin.«

»Suche den Fischmond!«, befahl der König. »Und wenn du ihn gefunden hast, dann zeig ihn mir!«

»Den Fischmond?« Der Spielmann glaubte den König nicht richtig verstanden zu haben.

»Jaja, den Mond der Fische«, wiederholte der König und lächelte schadenfroh.

Diesmal eilte der Spielmann schnurstracks zu dem Tümpel, weil ihm einfiel, dass ihm bei der Lösung dieser Aufgabe nur der kleine Fisch helfen könnte. Als er sein Ziel erreichte, hockte er sich ans Ufer, nahm seine Fidel aus dem Kasten und begann mit dem Bogen die Saiten zu streichen. Traurig und hoffnungslos klang die Melodie, die der Spielmann seinem Instrument entlockte.

Schon nach wenigen Augenblicken kräuselte sich der Wasserspiegel. Kleine Wellen liefen ringförmig auseinander. In ihrer Mitte erschien der Kopf des Fisches.

»Was gibt's?«, blubberte er. »Warum rufst du mich?«

»Der König hat mir eine Aufgabe gestellt, die auch von den weisesten Männern seines Landes nicht gelöst werden konnte. Ich soll den Fischmond suchen und ihm zeigen, sonst lässt er mir den Kopf abschlagen«, sagte der Spielmann.

»Wenn's weiter nichts ist«, erwiderte der Fisch und wenn Fische lachen könnten, dann hätte er gelacht. »Bring den König –«, er unterbrach sich, blickte zum Himmel und dachte kurz nach –, »bring ihn in drei Tagen hierher an diesen Weiher! Dann zeig ich ihm den Mond der Fische!«

Ungläubig schüttelte der Spielmann den Kopf. Doch nachdem ihn der Fisch in seinen Plan eingeweiht hatte, kehrte er rasch zu dem Königsschloss zurück.

»Hast du den Fischmond dabei?«, begrüßte ihn der König voller Neugier. »Steckt er in deinem Mantelsack?«

»Nein, nein«, erklärte ihm der Spielmann. »Den Mond der Fische kann man ebenso wenig in seinen Mantelsack stecken wie den Mond, der jede Nacht über den Himmel wandert. Ihr müsst mich schon begleiten, wenn Ihr ihn sehen wollt!«

Des Königs Neugier siegte über seine Faulheit. Drei Tage später schwang er sich auf sein prächtig gesatteltes Maultier und folgte dem Spielmann zum Tümpel des Fisches. Es dämmerte bereits, als sie ihr Ziel erreichten. Die Dunkelheit kroch aus den Tälern hoch, zwängte sich durch Bäume und Sträucher, stieg aus den Fuchs- und den Mauselöchern und machte sich überall breit.

»Nun zeig mir den Fischmond!«, verlangte der König vom Spielmann. »Mich friert!«

»Nur Geduld«, tröstete ihn der. »Ihr werdet ihn gleich zu Gesicht bekommen.« Sie hockten sich auf einen Baumstamm. Der Spielmann setzte den Bogen an die Fidel und begann ein Nachtlied zu spielen. Es handelte vom aufgehenden Mond und den prächtig glitzernden Sternen, von den vielen Menschen, die sich dann zur Ruhe begeben und denjenigen, die während der Nacht ihrer Arbeit nachgehen. Der König wurde müde vom Zuhören und döste ein.

Erst als der volle Mond über dem Weiher stand, weckte ihn der Spielmann wieder auf.

»Psst!«, zischte er ihm ins Ohr. »Dort im Wasser schwimmt der Fischmond, den ihr sehen wolltet! Aber seid leise, dass ihr ihn nicht vertreibt!«

Da riss der König erstaunt die Augen auf, denn wirklich, dort

auf dem Wasserspiegel schwamm rund und lautlos die leuchtende Scheibe eines Mondes und in ihrer Mitte ein kleiner Fisch.

»Das ist doch –«, stotterte seine Majestät verwundert, »potztausend, ist das nicht –«

»– der Mond der Fische, den ich Euch zeigen sollte«, vollendete der Spielmann den Satz.

»So hab ich es nicht gemeint!«, begehrte der König auf. »Das ist doch nur das Spiegelbild des Mondes, der dort oben am Himmel steht?«

»Ganz recht«, erklärte ihm der Spielmann. »Das Spiegelbild des Mondes im Wasser ist der Mond der Fische.«

»Du hast dir wieder sehr geschickt zu helfen gewusst«, sagte der König und bestieg wieder sein Maultier, »aber so einfach bekommst du meine Tochter nicht. Ich stelle dir jetzt noch eine dritte und letzte Aufgabe, wenn du die lösen kannst, soll dir außer der Prinzessin noch mein ganzes Reich gehören, wenn nicht, lasse ich dich aufhängen wie einen stümperhaften Wortverdreher oder Wegelagerer.«

»Hach«, seufzte der Spielmann. »Habt ihr denn immer noch nicht genug? Was soll ich denn jetzt noch für euch tun?«

»Nicht sehr weit von hier, noch innerhalb meines Reiches, haust ein wilder Raubritter, seine Frau ist eine Hexe. Ich möchte nun, dass du dich in die Raubritterburg schleichst und mir die Sporen des Ritters besorgst. Wie du das anfängst, ist mir gleich.«

So sprach der König, weil er sicher war, dass der Spielmann zwar in die Ritterburg hinein-, aber nie mehr lebend hinauskäme, und mit den Sporen des Ritters schon gar nicht.

Der Spielmann war der Ansicht, dass es völlig egal sei, ob er nun von dem Ritter erschlagen oder von dem König aufgehängt werden würde. In der Hoffnung, die Burg des Ritters zu finden, lenkte er seine Schritte irgendwohin. Und wirklich, es dauerte nicht allzu lange, oder es kam ihm nicht sehr lange vor, da stand er vor dem Schloss. Schon sein Äußeres wirkte wild und verhext, doch das bemerkte der Spielmann nicht, denn für ihn stand es fest, dass seine ganzen Bemühungen vergeblich sein würden. Er läutete und die Rittersfrau, die zugleich auch eine Hexe war, öffnete ein Fenster.

»Was willst du!«, kreischte sie.

Ach, schoss es dem Spielmann durch den Kopf, wie lieblich hatte doch die Stimme der Rabenmutter geklungen gegen jene Hexenstimme.

»Bitte, Frau Ritter, ich hätte gern die Sporen ihres Herrn Gemahls gekauft!«, sagte der Spielmann. Doch das hätte er nicht sagen sollen, ach du lieber Himmel, wie konnte er nur so dumm sein! Jetzt war es zu spät.

»Wer sagt dir, dass mein Mann seine Sporen verkauft? Das ist wohl das Blödeste, was ich jemals in meinem ganzen Hexenleben gehört habe. Hixlipaxlipuxlipei, sei ein Vogel, Vogel sei!«, brüllte die Hexe wütend.

Der Spielmann wollte sie gerade fragen, wen sie denn damit meine, er habe doch nur sehr höflich gebeten, als er entdeckte, dass er nicht mehr sprechen konnte, denn wo sein Mund gewesen war, wuchs ihm ein Vogelschnabel.

»Tirili – tirili«, zwitscherte er – und als die Hexe das hörte, war sie sehr zufrieden mit sich, lachte meckernd, dass es dem armen Spielmann durch Mark und Bein ging, und schlug das Küchenfenster wieder zu. Etwas jedoch hatte sie übersehen, und das war die Fidel. Sie war nicht mit verhext worden und hing immer noch auf dem Rücken des Spielmannes, der jetzt ein Vogel war. Sie war schwer, und doch gelang es ihm, mit ihr davonzuflattern. Hoch über die Baumwipfel stieg er auf und flog über Wiesen und Felder, über Bäche und Seen. Da ihn der Fidelkasten behinderte und er es auch nicht gewohnt war, eine so schwere Last mit sich herumzuschleppen, verlor er schon bald wieder an Höhe und landete am Boden. Hier gebe ich zu bedenken, dass er zwar die Gestalt eines ausgewachsenen und ziemlich großen Vogels hatte, doch das erste Mal in seinem Leben in die Verlegenheit kam fliegen zu müssen. Heutzutage denken wir uns ja nichts mehr dabei, denn Flugzeuge sind für uns fast etwas Alltägliches. Doch man sollte sich einmal in die Lage des armen Spielmannes versetzen. Die Beine waren dünn und staksig, statt seiner Kleider hatte er Federn am ganzen Körper und dort, wo früher seine Arme waren, befanden sich jetzt Flügel. Im Augenblick also saß er da und ruhte sich von der großen Anstrengung aus. Die Fidel lag still in ihrem Kasten neben ihm, denn sie hatte schon lange keinen Ton mehr von sich geben dürfen.

Aber warum sollte er es nicht einmal versuchen, wenn auch nur ein paar kratzige Töne dabei herauskamen. Er schob mit seinem Schnabel den Deckel von dem Kasten, holte die Fidel heraus und schnappte sich den Bogen. Dann klemmte er sich die Fidel zwischen seine Flügel und begann zu üben. Eigentlich ging das gar nicht so schlecht. Er spielte einen Akkord und dann noch einen.

Plötzlich ertönte neben ihm eine feine Stimme: »Spielmann«, sagte sie, »Spielmann, was willst du?« – und, oh Wunder, es war die kleine blaue Blume, die er einmal von ihrer Einsamkeit befreit hatte. In ihm keimte die Hoffnung, dass sie ihm vielleicht helfen könnte. Deshalb erzählte er ihr gleich seine Geschichte.

»Du bist dumm«, antwortete die Blume, nachdem er geendet hatte. »Warum bist du nicht gleich zu mir gekommen?« Doch der Spielmann wollte nicht zugeben, dass er ihre Worte damals nicht ernst genommen hatte. Das kam ihm unhöflich vor.

»Also, pass auf«, begann die kleine Blume, »du bist jetzt ein Vogel und das ist im Augenblick gut so. Du lässt die Fidel hier und fliegst zum Schloss des Ritters zurück. Irgendwo innerhalb der Schlossmauern hat die Hexe einen kleinen Garten angelegt. Wenn du ihn gefunden hast, setzt du dich auf den Rand des Brunnens in seiner Mitte und schaust dich um! In diesem Garten wächst nämlich ein Blumenstrauch, dessen Stängel von einer Vielzahl kleiner blauer Blüten umgeben sind. Rupf mit deinem Schnabel zwei von diesen Stängeln ab und bring sie hierher. Vor der Hexe brauchst du dich nicht zu fürchten, sie ist nämlich gerade dabei, einen Hexenkuchen zu backen und hat dich schon längst vergessen!«

Und genau so machte es der Spielmann. Er flog zum Ritterschloss und suchte den Garten. Als er ihn gefunden hatte, entdeckte er gleich den Strauch mit den blauen Blüten. Er pflückte zwei Stängel ab und flatterte davon.

Im gleichen Moment blickte die Rittersfrau, ich meine die Hexe, aus ihrem Küchenfenster und beobachtete die Tat. Wütend schrie sie ihm nach: »Du Mistvogel, du, raubst mir meinen Rittersporn, warte!«

Aber da war der Spielmann schon auf und davon. Gerade das Wort »Rittersporn« gellte noch in seinen Ohren. Da hätte er beinahe seine Beute fallen lassen, so erschrak er. Natürlich, dass er so unwissend gewesen war, das war des Ritters Rittersporn, denn Rittersporn hieß die Blume, die er in seinem Schnabel trug. Rasch flog er zurück zu der kleinen Blume und berichtete ihr von dem gelungenen Abenteuer. Die Blume war zufrieden.

»Pass auf«, sagte sie, »pflücke mit deinem Schnabel eines meiner blauen Blütenblätter ab und schlucke es hinunter!«

»Nein«, antwortete der Spielmann empört. »So undankbar bin ich nicht.«

»Doch«, befahl die Blume, »das tust du!«

Da pflückte er vorsichtig mit dem Schnabel ein Blatt aus ihrer Blüte und schluckte es hinunter. Wirklich, ihr werdet euch wundern, was geschah: Er erhielt nämlich gleich seine ursprüngliche Gestalt wieder.

»Ich danke dir, kleine blaue Blume«, sagte der Spielmann. Dann nahm er die Fidel, die beiden Ritterspornstängel und kehrte zum Schloss des Königs zurück.

Er ging über die Zugbrücke, durch das Schlosstor, die Treppen hinauf und durch alle Säle bis direkt vor den Thronsessel des Königs.

»Hier, Majestät«, sagte er, »hier bringe ich dir des Ritters Sporn.«

Dem König verschlug es die Sprache. Es fiel ihm nichts, rein gar nichts mehr ein, was er gegen den Spielmann als Bräutigam seiner Tochter, der Jasminprinzessin, und als Erben seines Reiches vorbringen könnte.

So wurde also Hochzeit gefeiert. Der Spielmann erhielt das Reich und die Prinzessin, und in sieben Jahren sieben Söhne und in den darauf folgenden sieben Jahren sieben Töchter.

Nur einer der Söhne wurde ein fahrender Musikant wie sein Vater einer gewesen war. Er erzählte die Geschichte seinem Sohn, der sie wieder seinem Sohn erzählte, bis ich sie von meinem Vater erfuhr, der mich bat sie Wort für Wort meinen Kindern weiterzugeben.

Der Vogelbaum

Vor vielen Jahren, als die Leute noch keine Flugzeuge erfunden hatten, gehörte der Himmel den Vögeln ganz allein. Eilige Botschaften wurden nur per Brieftaube verschickt, und man erzählte sich, dass die Kinder von Störchen gebracht würden.

Damals lebte ein kleines Mädchen in einer Stadt hier in der Nähe. Eigentlich hieß es Julia, aber die Leute nannten es einfach Julchen. Im Haar trug es eine große Schleife und lange Spitzenhosen unterm Rock. Das war damals so Mode und niemand dachte sich etwas dabei.

Manchmal schickte die Mutter das Julchen schon allein in die Stadt, um etwas einzukaufen, abzugeben, abzuholen oder irgendwem eine Botschaft zu überbringen. Wenn Schuhe neu besohlt werden sollten oder an ihnen ein Absatz fehlte, dann musste es sie zum Schuster bringen.

Der Schuster hieß Balthasar. Er wohnte gleich um die Ecke in einem alten Haus. In seiner Werkstatt lagen furchtbar viele Schuhe herum: elegante Damenstiefel, Herrenschuhe, Holzpantoffeln und natürlich auch Kinderschuhe. Dann gab es eine gläserne Kugel über dem Arbeitstisch und einen Käfig mit einem Dompfaff drin. Ein Dompfaff ist ein kleiner dicker Vogel mit einem grauen Fräckchen, einem roten Brustlatz und einem schwarzen Käppchen auf dem Kopf. Und weil das Käppchen wie eine Pfarrersmütze aussieht, nennt man ihn Dompfaff. Balthasars Dompfaff hieß mit Vornamen August. Er hüpfte hin und her und piepste manchmal.

Immer, wenn das Julchen den Schuster besuchte, stellte es sich vor den Vogelkäfig und sang: »Hänschen klein ging allein in die weite Welt hinein«, weil der Balthasar ihr erklärt hatte, dass ein Dompfaff Lieder lernen könne.

Doch der August blieb stumm. Vielleicht hätte das Julchen ihr Lied pfeifen sollen, nicht singen. Aber leider konnte es noch nicht pfeifen. Dazu war es noch zu klein. Es war aber nicht zu klein, um sich einen eigenen Dompfaff zu wünschen.

Oh, wie sehr wünschte es sich einen!

Eines Tages begegnete das kleine Mädchen dem Stadtausrufer mit seiner Glocke. Er blieb an jeder Ecke stehen, schellte drei Mal und schrie: »Hochverehrte Bürger der Stadt! Der Bürgermeister gibt bekannt, dass in der nächsten Woche auf dem Rathausplatz ein Jahrmarkt stattfindet. Dazu sind alle Kinder und Erwachsenen herzlichst eingeladen!« Dann schellte er nochmals und ging weiter.

Am Montagmorgen zogen voll bepackte Pferdekarren durch die Straßen. Ihnen folgten Stoffhändler, Bonbonverkäufer, ein Tanzbär, ein Zauberer, Seiltänzer, ein Esel, eine Wahrsagerin und

noch vieles mehr. Den Schluss des Gauklerzuges machte ein Mann mit einer mächtigen Kiepe auf dem Rücken. Darin waren weder schöne, bunte Stoffe noch alte Spieldosen, weder Süßigkeiten noch schwarz gelockte Puppen, sondern nur eine Menge kleiner und großer Käfige. In diesen Käfigen zwitscherten und pfiffen viele bunte Vögel.

Der Mann war ein Vogelhändler.

Am anderen Morgen besuchten das Julchen und ihr Vater den Jahrmarkt. Zuerst blieben sie vor einer Bude stehen, in der ein Mann dressierte Goldfische vorführte.

Dann kamen sie an einer Frau vorbei, die den Leuten für einen Groschen gute Ratschläge verkaufte. Das Julchen hörte, wie sie erzählte, dass Kuhfladenumschläge gut gegen kalte Füße seien und dass man, wenn man gesund bleiben möchte, dem Mond jeden Abend eine Schale Milch vors Fenster stellen soll. Sie zeigte, was man tun muss, dass die Kartoffeln so dick wie Kürbisse werden und die Kürbisse so schwer wie ein Zentnersack Korn.

Sie gingen weiter. An einer Ecke stand ein Drehorgelspieler, dem hörten sie eine Weile zu, daneben tanzte ein Clown auf einem Seil, eine als Tänzerin verkleidete Frau führte dressierte Pudel vor und ein Kutscher mit einer Ponykutsche lud die Leute zum Mitfahren ein.

Plötzlich entdeckte Julchen den Vogelhändler. »Vögel, schöne Vögel«, sang er, denn alle Vogelhändler singen gern. Das lernen sie von ihren Vögeln.

»Distelfinken, Amseln, Lerchen, Dompfaffen, Rotkehlchen und Zaunkönige! Sprechende und singende Vögel. Kauft Vögel, Leute, kauft Vögel!«

Das Julchen sah seinen Vater bittend an, doch der sagte: »Nein.«

Vor lauter Enttäuschung stampfte das Julchen mit dem Fuß auf, dann riss es sich von der Hand des Vaters los und lief davon. Hinter der nächsten Hausecke hätte es beinahe den Schuster Balthasar über den Haufen gerannt.

»Hoppla«, schrie der, »wohin so eilig?«

Doch das kleine Mädchen wollte nicht stehen bleiben. Es rannte und rannte und rannte durch die Straßen und Gassen der Stadt, vorbei an dem Haus, in dem es mit seinen Eltern wohnte, vorbei an der Flickschusterwerkstatt.

Wenn ihr der Vater keinen Dompfaff im Käfig kaufen würde, wollte es nie mehr nach Hause, nie mehr!

Natürlich suchten die Eltern ihr Kind. Sie fragten alle Leute. Aber außer dem Balthasar hatte es niemand gesehen. Und der wusste nicht mal, in welche Richtung es gelaufen war.

Inzwischen streifte Julchen durch den Wald und stieg über Zäune. Dornen zerrissen ihren Rock und sie wurde allmählich hungrig und müde.

Auf einmal entdeckte sie einen riesigen alten Baum und darunter eine kleine Hütte. Auf einer Bank vor der Hütte hockte ein uraltes, verhutzeltes Weiblein. Es hatte furchtbar viele Runzeln im Gesicht und eine Brille auf der Nase.

Julchen blieb vor dem Weiblein stehen. Sie machte einen Knicks und sagte: »Ach bitte, Mütterchen, gib mir etwas zum Essen!« So großen Hunger hatte sie.

»Wie heißt du und zu wem gehörst du, kleines Mädchen?«

»Ich heiße Julchen und gehöre meinem Vater und meiner Mutter. Davongelaufen bin ich, weil mir mein Vater keinen Vogel im Käfig kaufen wollte.«

»Na, dann komm nur herein, da bist du bei mir ja gerade richtig.«

Die alte Frau führte sie in ihre Hütte, gab ihr zu essen und zu trinken, einen Laubsack zum Schlafen und eine alte Decke zum Zudecken.

Als am nächsten Morgen die Sonne aufging, wurde das Julchen durch lautes Vogelzwitschern geweckt.

»Oh«, schrie es entzückt, »so viele Vögel gibt's da. Das ist ja ein richtiger Vogelbaum! Ach bitte, Mütterchen, fang mir einen Vogel! Dann muss mir mein Vater einen Käfig für ihn kaufen und ich stelle ihn auf das Fenstersims in meinem Zimmer.«

»Du bist ein dummes Kind«, antwortete das Weiblein und schüttelte den Kopf, »weißt du nicht, dass dir alle Vögel im Wald, auf Feldern und Wiesen, an Bächen und Seen gehören? Wozu wünschst du dir einen im Käfig?«

Da staunte das Julchen und seine Augen wurden so groß wie dicke, reife Kastanien: »Alle Vögel gehören mir?«

»Ja, freilich, sie singen für dich, wenn du zuhörst, und wenn du deine Augen aufmachst, kannst du sie immer betrachten. Wenn du willst, kommen sie im Winter an dein Fenster und picken die Körner, die du ihnen hinstreust. Komm mal mit!«

Die Alte zeigte ihm in der Hecke unweit der Hütte ein Dompfaffennest. Herr Dompfaff sah fast genauso aus wie Balthasars August, nur viel glücklicher. Frau Dompfaff fütterte gerade ihre vier Kinder.

»Diü – diü«, pfiff die Alte und »diü – diü«, antwortete der Dompfaff.

Auf einmal huschte eine kleine braune Federkugel von Ast zu Ast.

»Guck mal«, rief das Julchen, »was ist denn das?«

»Zipp – zipp – zipp«, zirpte der Vogel und wippte lustig auf einem Zweig.

»Guten Morgen, Herr Zaunkönig«, begrüßte ihn das Weiblein.

»Zippzipp – zippzipp!«, zirpte der Vogel zurück.

»Kennst du die Geschichte vom Vogelkönig?«, fragte die Alte das kleine Mädchen.

»Nein. Erzähl sie mir, bitte!«

»Eines Tages versammelten sich die Vögel, um einen Vogelkönig zu wählen«, begann das Weiblein. »Sie überlegten lange hin und her und beschlossen schließlich, dass derjenige die Krone bekommen sollte, der am höchsten fliegen könne. Und weil der Adler der größte Vogel von allen war, machte er den Anfang. Niemand wird mich besiegen können, dachte er. Ich bin der Beste!

Er kam auch wirklich bis ganz nahe an die Sonne heran.

Aber ein winziges Vögelchen war klüger als der mächtige Adler. Es hatte sich heimlich unter den Adlerfedern versteckt und so mit hoch tragen lassen. Als der Adler hoch droben am Himmel allmählich müde wurde und schon stolz darauf war, dass ihn kein anderer Vogel übertreffen könnte, ließ er sich wieder herab. Doch im selben Augenblick verließ der kleine Vogel sein Federnversteck, flatterte hoch und stieg immer weiter, bis er in den Wolken verschwand.

›Ich bin höher geflogen als der Adler!‹, rief er den anderen Vögeln zu, als er wieder herabkam. ›Ich bin der König!‹

Darüber war der Adler sehr böse, aber das nützte ihm nichts. Weil der kluge kleine Vogel höher als der Adler geflogen war, ernannten ihn alle Vögel zu ihrem König. Da er aber mit Vorliebe auf Zäunen sitzt und Reden hält, wird er ›Zaunkönig‹ genannt. Genau wie es sich für einen richtigen König gehört, hat er sich gleich mehrere Paläste zugelegt. Ein kugelrundes Hauptnest und noch ein paar kleine Spielnester. Er spielt mit ihnen wie die kleinen Mädchen mit ihren Puppenhäuschen.« Das Weiblein zeigte dem Julchen unter einer der alten Eichbaumwurzeln ein rundes Zaunkönignest.

Dunkle Wolken schoben sich vor die Sonne.

»Zizibeh – zizibeh!«

»Komm in die Hütte, kleines Mädchen«, rief die Alte, »die Jungfer Kohlmeise meldet Regen.« Die Kohlmeise saß auf einem niederen Eichenast. Sie war ein zarter Vogel mit einem kohlschwarzen Häubchen auf dem Kopf. Die langen Haubenbändel hingen über ihr zitronengelbes Brustmieder.

Das Gewitter kam rasch näher. Es blitzte und donnerte. Der Wind rüttelte und schüttelte an der alten Hütte. Aufgeschreckt flatterten die Vögel durcheinander. Der Sturm blies sie davon. Der Regen durchnässte ihre Federn und nur mit Mühe fand jeder sein Nest. Die Kohlmeise hatte es gut. Sie bewohnte nämlich eine kleine Höhle im Baumstamm. Dort kam weder Regen noch Wind, weder Hagel noch Schnee hin. Das musste so sein, denn die Kohlmeise brauchte eine winterfeste Wohnung.

Es war ein schlimmes Unwetter. Der Vogelbaum ächzte und stöhnte und manchmal krachte es gefährlich in ihm. Das kam von seinem hohen Alter.

Doch schließlich ließ der Sturm nach. Gleich krochen die Vögel aus ihren Nestern. Sie plusterten sich auf und versuchten mit ihrem Gesang die Sonne wieder hervorzulocken.

Das Julchen fand ein jämmerlich frierendes Amselkind im Gras. Der Sturm hatte es aus seinem Nest geblasen. Vielleicht war es zu vorwitzig gewesen? Die Amselmutter flatterte ängstlich rufend umher und suchte es.

Da holte das Weiblein eine Leiter, kletterte damit auf den Baum und legte das Amselchen wieder ins Nest zurück. Sie kannte jede Vogelfamilie und wusste auch, wo jedes Vogelkind zu Hause war. Kleine Vogelkinder sehen sich nämlich sehr ähnlich.

Julchen begleitete die Alte auf einem Spaziergang am Waldrand entlang. Auf einmal blieb das kleine Mädchen stehen und lauschte.

»Pst, Mütterchen, wer flüstert denn da hinter der Hecke?«

Vorsichtig schlichen sie sich näher. Zwei dunkle Gestalten hockten am Boden. Sie lösten verzweifelt zappelnde Vögel von langen Weidenruten und steckten sie in Käfige.

Da wurde die Alte fuchsteufelswild.

»Jetzt haben die Vogelsteller wieder Leimruten ausgelegt. So ein Pack, na wartet!«

Sie überlegte kurz und schickte dann das Julchen rasch zur Hütte, um zwei Säcke und ein Messer zu holen.

Als das kleine Mädchen das Gewünschte herbeigeholt hatte, schnitten sie in jeden Sack zwei kleine Löcher für die Augen und zwei große für die Arme. Dann stülpten sie sich die Säcke über die Köpfe, nahmen Knüppel in die Hände und überfielen die Räuber mit lautem Geschrei.

Und weil es im Wald immer ein bisschen dämmrig ist, dachten diese, es wären die Waldgeister persönlich.

»Lumpen, Diebesgesindel, Malefizkerle, schert euch zum Teufel!«, keifte das Weiblein, und »Halunken, Bösewichte, Räuber, Banditen!«, unterstützte es das Julchen. Dabei schlugen sie so lange auf die Vogeldiebe ein, bis sie laut jammernd davonrannten.

»Die Vogelsteller verkaufen ihre Beute später an wandernde Vogelhändler. Der Geier soll sie alle holen!«

Da schämte sich das Julchen, weil es einmal von einem Vogelhändler einen Vogel haben wollte.

Schnell half sie der Alten dabei, die Vögel wieder freizulassen. Dann stapelten sie die Käfige zu einem großen Haufen und zündeten sie an.

Doch fast hätten sie einen Käfig übersehen. Er war hinter einen Busch gekollert. In ihm saß ein zitterndes kleines Vögelchen. Es war dick, hatte muntere schwarze Augen und eine leuchtend rote Kehle.

»Das ist ja unser Rotkehlchen!«, rief die Alte überrascht aus. »Es hat unter einer der Eichbaumwurzeln hinter der Hütte sein Nest.«

»Tz – tz – tzieh – tzieh«, piepste der kleine Vogel.

»Was meint es?«, fragte das Julchen.

»Wir sollen es schnell freilassen. Fünf kleine Rotkehlchenkinder warten zu Hause auf Futter.« Das Mütterchen öffnete rasch den Käfig und ließ es fliegen.

Es dämmerte. Die Sonne wünschte allen Tieren eine gute Nacht und verschwand hinter dem Wald. Da kehrten auch das alte Weiblein und das kleine Julchen heim und legten sich schlafen. Während der Mondschein durch die Äste der alten Eiche wanderte, schliefen alle kleinen Vögel. Nur das Käuzchen jammerte in die Nacht.

Am nächsten Morgen wurde das Julchen früh geweckt: »Steh auf, kleines Mädchen!«, sagte die Alte. »Du musst wieder heim. Deine Mutter ist sicher genauso verzweifelt, wie die Amselmutter es war, als sie ihr Kind verloren hatte! Ich werde dich ein Stück begleiten.«

Das Julchen sah das ein. Es sprang aus dem Bett. Bevor sie losgingen, stellte es sich unter die Eiche und rief: »Auf Wiedersehen, Dompfaff, Zaunkönig, Kohlmeise, Amsel und Rotkehlchenmutter! Auf Wiedersehen, alter Vogelbaum!«

Die Amsel sang ihr dafür ein Abschiedslied. Sie reckte ihren Schnabel in den Himmel und trällerte, bis sich ihre Kehlfedern sträubten. Das Julchen wunderte sich sehr, dass sie keine Noten brauchte, sondern alles auswendig konnte.

Die Alte begleitete sie bis zum Stadttor. Von hier aus kannte Julchen den Weg.

»Darf ich dich wieder mal besuchen?«, fragte sie.

Das Weiblein freute sich. »Ja, freilich«, entgegnete es.

Dann kehrte es zur Hütte, dem Eichbaum und den Vögeln zurück. Das Julchen aber ging heim.

Zuerst war es ja ein bisschen ängstlich, aber die Eltern freuten sich so über ihr wiedergefundenes Kind, dass sie ganz vergaßen es zu schimpfen. Die Mutter weinte ein bisschen und zur Gesellschaft weinte das Julchen mit.

Später besuchte das kleine Mädchen gleich den Schuster Balthasar. Aber der war still und traurig. Der August war nämlich krank.

Zitternd hockte er am Boden seines Käfigs. Er pickte nicht an seinem Futter und nippte nicht am Wasser. Er hüpfte nicht mehr hin und her und piepste nicht mehr.

Da versuchte das Julchen den Balthasar zu trösten. Es erzählte von dem Vogelbaum, dem guten alten Mütterchen und der halb verfallenen Hütte. Es erzählte ihm die Geschichte vom Zaunkönig und wie sie die Vogelsteller in die Flucht gejagt hatten. Zum Schluss erzählte es vom Rotkehlchen im Vogelstellerkäfig und den fünf kleinen Rotkehlchenkindern, die beinahe verhungert wären.

Da beschloss der Flickschuster den August freizulassen.

Das Julchen begleitete ihn bis vor die Stadt. Dort machte der Balthasar den Käfig auf, holte den August heraus und warf ihn hoch, hoch in die Luft. Der Dompfaff breitete seine Flügel aus und flatterte davon. Weit über die Wiesen flog er, über die Felder und dem Wald entgegen. Dabei pfiff er laut: »Diüdüdü – diüdüdü!«

Das Julchen meinte deutlich zu hören, dass der August ihr zurief: »August klein flog allein in den grünen Wald hinein.«

Darüber waren der Balthasar und sie sehr, sehr glücklich. Am allerglücklichsten aber war der August.

Zwergenjahrbuch

Weidenkätzchen-Monat
Heute sind die ersten Vögel aus dem Süden zurückgekommen. Da haben wir Zwerge zur Begrüßung ein Konzert im Weidenstrauch gegeben.

Schlüsselblumen-Monat
Jetzt wird's laut auf der Wiese, weil die Bienen den ganzen Tag herumsummen. In der Wiesenschule nehmen wir gerade das Veilchen durch. Die Menschen mögen das Veilchen, weil es so süß stinkt.

Gänseblümchen-Monat
Es wird ungemütlich! Warum muss der Bauer denn jetzt schon seine Kühe austreiben? Die Schnecke hat es gut. Sie wandert mit ihrem Haus auf dem Rücken einfach davon.

Butterblumen-Monat

Es regnet manchmal. Die Frösche mögen Regen. Sie freuen sich über die Kringel auf der Wasseroberfläche. Heute ist ein Hase über die Wiese gehoppelt.

Margeriten-Monat

Die Sonne scheint. Es ist heiß und duftet nach Heu und Honig. Die Grillen haben ein Abendkonzert gegeben und das Zwergen-Mariechen musste weinen, weil das so schön war.

Vergissmeinnicht-Monat

Endlich fangen die Wiesenschulsommerferien an. Die Bachstelze ist mit mir über die Wiese geflogen. Von so weit oben war der Teich nur ein kleiner Klecks. Die Entenmutter hat ihren Kindern gezeigt, wie das Leben so ist. Ich komme mir wie ein Held vor.

Sonnenblumen-Monat

Es ist Erntezeit. Die Zwerge sammeln
fleißig Vorräte für den Winter.
Am Feldrand blüht eine Sonnenblume.
Wie ist sie bloß dorthin gekommen?
Wenn der Herbstwind bläst, hält die
Kräuter-Muhme ihre Schürze auf
und sammelt die reifen Kerne.

Pilz-Monat

Die Enten auf dem Teich sind ausgewachsen. Auch die kleinen Bachstelzen fliegen schon so gut wie ihre Eltern. Die Kräuter-Muhme kocht die beste Hagebuttenmarmelade weit und breit.

Herbstzeitlosen-Monat

Heute ist die Luft voller Herbstblätter.
Der Zwergen-Willi hat einen Blätter-Drachen steigen lassen.
Die meisten Vögel sind schon fort,
aber die Enten und die Hasen bleiben da.

Nebel-Monat

Die Wiesenschule ist unter die Erde gezogen. Droben wird es bald schneien. Im Rechnen üben wir das Zählen mit Äpfeln. Ich esse die Äpfel lieber, als mit ihnen zu rechnen. Viele Tiere schlafen im Winter. Auch die Schnecken, Bienen und Frösche.

Schnee-Monat

Alles ist weiß, genau wie Zwergen-Omas Kuchen, wenn sie Puderzucker darüber gestreut hat. Wir legen den Vögeln Sonnenblumenkerne hin, damit sie nicht hungern müssen. Mir ist kalt.

Eis-Monat

Der Himmel ist grau und es wird früh dunkel. Der Teich ist ganz zugefroren. Nur die Enten haben sich ein Loch aufgepickt. Da lese ich am liebsten in meinen Zwergen-Büchern. Auf den Frühling freue ich mich jetzt schon. Dann blüht wieder der Krokus, die Tiere wachen auf. Und endlich ist wieder was los auf der Wiese!

Die Schaukelpferd-Geschichte

Vor vielen hundert Jahren ritt einmal ein fahrender Sänger auf seinem Schimmel durchs Land und sang den Leuten seine Lieder vor.

Eines Tages bekam die Stute ein Fohlen. Es folgte seiner Mutter, wuchs und gedieh und sein Besitzer hatte viel Freude mit ihm. Doch als es größer wurde, wollte es nicht mehr hinter seiner Mutter herlaufen. Es blieb stehen, hopste auf der Stelle und schlug mit den Beinen nach hinten und vorne aus.

Da verkaufte der Sänger das Fohlen an einen Bauern. Bei dem durfte es auf die Weide gehen und auf der Stelle hopsen, so viel es wollte. Es bekam genug zu fressen und wurde bald ein großer, starker Hengst.

Eines Tages wollte der Bauer den Hengst vor einen Wagen spannen, um in die Stadt zu fahren. Willig ließ sich das Pferd das Geschirr anlegen und hielt still, bis sein Herr auf den Bock stieg und »Hüah!« rief.

Erst dann hopste es auf der Stelle und schlug mit den Beinen nach hinten und vorne aus.

»Brrrr!«, brüllte der Bauer. »Halt! Brrrr!«

Doch zu spät, der Wagen war zerbrochen.

Mir gefällt es hier, dachte das Pferd. Was soll ich in der Stadt tun? Und dabei ging es keinen Schritt vorwärts.

Da verkaufte es der Bauer an einen Zirkusdirektor, der ein Pferd für seine Frau suchte, die eine Kunstreiterin war.

So kam das Pferd zum Zirkus. Am Abend wurde es schön geschmückt in die Manege geführt. Der Herr Direktor hob seine junge Frau auf den Pferderücken. Dann knallte er mit der Peitsche und sofort begann das Pferd auf der Stelle zu hopsen und hinten und vorne auszuschlagen.

»Herrjemine!«, schrie die Frau Direktor und plumpste in den Sand.

Das Publikum lachte, weil es annahm, dass dieser Sturz beabsichtigt sei. Die Frau Direktor fand das weniger lustig, denn sie hatte sich den Knöchel verstaucht.

»Verkauf den störrischen Gaul!«, sagte sie wütend zu ihrem Mann.

Der Zirkusdirektor verkaufte das Pferd an einen Viehhändler. Der band es an seinem Wagen fest und zog es hinter sich her.

Mitten im Wald begegnete ihnen ein alter Mann.

»Wohin willst du mit dem schönen Pferd?«, fragte er den Viehhändler.

»Zum Pferdemetzger, in die nächste Stadt!«, antwortete der.

»Das ist aber schade. Findet sich denn kein anderer Käufer?«

Da bot ihm der Alte für den Hengst einen guten Preis.

»Es taugt nichts, hopst immer auf der Stelle und schlägt mit den Beinen nach hinten und vorne aus«, gab ihm der Viehhändler zu bedenken.

»So ein Pferd ist mir gerade recht«, antwortete der Alte.

Der Viehhändler wunderte sich darüber, aber er konnte nicht wissen, dass der alte Mann ein berühmter Zauberer war, dessen Enkelkind sich schon lange sehnlichst ein Pferd wünschte. Es war nur noch zu klein für ein richtiges großes Pferd.

»Abrakadabra«, rief der Zauberer, als sie bei seinem Haus angekommen waren.

Er zündete sieben Räucherkerzen an und schwenkte seinen Zauberstab. Da verwandelte sich das Pferd in ein Holzpferd. Unter seinen Hufen wuchsen hölzerne Kufen und als es anfing zu hopsen, schaukelte es sanft hin und her.

Auf dieses Holzpferd setzte der Zauberer sein juchzendes Enkelkind. Es war so begeistert, dass es gar nicht mehr aufhörte hin- und herzuschaukeln.

Von nun an konnte das Pferd auf der Stelle hopsen, so viel es wollte und seine hölzerne Seele war sehr glücklich darüber.

So kam es, dass es zum Ahnherren der Schaukelpferde wurde.

Emilio Feuerohr

Im Sommer fahren viele Leute gern an die See, weil man dort so schön schwimmen kann. Man kann in den Wellen spielen, eine Sandburg bauen oder sich in einen Strandkorb setzen und lesen. Wunderschöne Muscheln gibt es dort, aber auch Seeigel, Seemöwen, Seehunde, Seesterne und manchmal auch Seeräuber.

Einige von ihnen waren weltberühmt. Es wurden Bücher über sie geschrieben und der eine oder andere bekam sogar ein Denkmal gesetzt. Doch die meisten blieben unbekannt.

Zu diesen gehörte Emilio. Er war ein unbedeutender Seeräuber, denn er besaß nur ein winzig kleines Schiff. Wer ihn aber reden hörte, musste annehmen, den berühmtesten Seeräuber aller Zeiten vor sich zu haben.

»Einmal bin ich in drei Tagen siebenmal um die Welt gesegelt«, erzählte er, und weil das fürchterlich geschwindelt war, wurden seine Ohren feuerrot. Da lachten ihn die Leute aus und nannten ihn von da an nur noch »Emilio Feuerohr«. Manchmal, wenn sie besonders höflich sein wollten, sagten sie auch »Herr Emilio mit den roten Ohren« zu ihm. Aber das war ihm egal.

Eines Tages passte er nicht auf und kam mit seinem kleinen Boot in einen Wirbelsturm. Der Wind heulte in den Segeln und die Wellen waren mindestens zehnmal so hoch wie die Mastspitze seines Schiffes. Emilio hatte schreckliche Angst, weil er nicht schwimmen konnte.

Als sich der Sturm gelegt hatte, befand er sich irgendwo mitten auf dem Meer. Rings um ihn her war nur Wasser und nirgendwo auch nur ein Fitzelchen Land zu sehen. Gerade, als er sich einsam zu fühlen begann, entdeckte er am Horizont ein fremdes Schiff. Und weil es ziemlich groß und reich aussah, warf er sein Ruder herum und steuerte direkt darauf zu.

Leider wusste er nicht, dass es das Schiff des berüchtigten Seeräubers Alexander Eisenarm war, der gerade die Hauptfrau des Sultans von Arabien entführt hatte. Er steuerte den nächsten Sklavenmarkt an, um sie dort für möglichst viel Geld zu verkaufen.

Weil aber der Matrose im Ausguck immer nur in der Ferne und immer nur nach großen Schiffen Ausschau hielt, bemerkte er Emilio Feuerohr nicht, der flink mit seinem kleinen Boot längsseits gekommen war.

Er kletterte schnell an seinem Mast in die Höhe, schwang sich über die Reling und schrie so laut er konnte: »Hände hoch! Ich bin Emilio der Gnadenlose!« Und dabei begannen sich auch schon seine Ohren langsam rot zu färben.

Doch die Matrosen packten ihn und schleppten ihn vor ihren Kapitän.

»Was suchst du hier?«, brüllte Alexander Eisenarm ihn an.

Emilio erwiderte frech: »Ich bin der Herr der sieben Meere und nehme dich gefangen!« Seine Ohren glühten auf wie die Sonne, bevor sie am Abend ins Meer taucht. Da musste der wilde Alexander lachen und seine Mannschaft lachte mit, bis das Schiff wackelte.

»Hahaha«, gluckste er, »hahaha, schaut euch nur die roten Ohren an!«

»Ich bin in drei Tagen siebenmal um die Welt gesegelt«, schrie Emilio wütend, »und mit meinen Ohren höre ich über hundert Meilen weit!«

»So«, fragte Alexander, »kannst du auch hören, ob sich ein fremdes Schiff nähert?«

»Eins?«, rief Emilio erstaunt. »Eben nähern sich hunderttausend Kriegsschiffe!« Seine Ohren leuchteten wie Feuerschein in einer Neumondnacht.

Da erschrak der wilde Alexander Eisenarm, denn er konnte ja nicht wissen, dass Emilio das Blaue vom Himmel herunterschwindelte.

»Bist du ganz sicher«, fragte er etwas ängstlich, »sind es wirklich hunderttausend?« Jetzt kam Emilio erst richtig in Fahrt.

»Es sind genau einhundertdreizehntausendfünfhundertvierunddreißig gewöhnliche Kriegsschiffe und ein Admiralsschiff. Und eben sind die Soldaten dabei, die Kanonen zu laden.«

Das können nur die Schiffe des Sultans von Arabien sein, schoss es Alexander durch den Kopf. Sie haben sicher den Befehl uns alle umzubringen und die Frau des Sultans zu befreien. Er überlegte schnell.

»Ach, lieber Emilio«, begann er scheinheilig, »du machst mir Angst. Nimm uns bitte nicht gefangen! Ich schenke dir auch die schöne Sultansfrau.«

Wenn Emilio die Sultansfrau in seinem Schiff hätte, könnte Alexander einhundertdreizehntausendfünfhundertvierunddreißig Kriegsschiffe und das Admiralsschiff auf ihn hetzen und so die Gefahr von sich abwenden. Doch der arglose Emilio ahnte nichts von diesem Plan. Er glaubte allen Ernstes, dass sich der wilde Seeräuber Alexander Eisenarm wirklich vor ihm fürchtete. Deshalb erklärte er sich mit dem Vorschlag einverstanden und nahm das Geschenk dankend an.

Weil aber die ganze Geschichte mit den Kriegsschiffen ja nur erfunden war, erreichte der tapfere Emilio Feuerohr unbehelligt Arabien und brachte dem Sultan wohlbehalten seine Frau zurück. Zur Belohnung schenkte ihm der Sultan eine große Kiste voll Gold.

Seitdem bekam Emilio nie wieder rote Ohren, denn er musste nie mehr schwindeln, wenn er die Geschichte erzählte, wie er den berüchtigten Seeräuber Alexander Eisenarm bezwungen und die

Frau des Sultans befreit hatte. Er setzte sich zur Ruhe und hängte die Seeräuberei an den Nagel, weil er genug Geld hatte, um davon leben zu können. Aufs Meer fuhr er nur noch hinaus, wenn es ihm Spaß machte.

Und wenn man seine Ferien an der See verbringt und Glück hat, kann man ihm dort vielleicht begegnen.

Die Plakatsäule

Als ich noch klein war, kam ich täglich auf meinem Schulweg an einem komischen runden Turm vorbei, der zwischen Gehweg und Straße stand.

»Was ist das?«, fragte ich eines Tages meine Mutter.

»Eine Plakatsäule«, erklärte sie mir.

»Ist die innen hohl?«, fragte ich weiter. »Und wenn sie hohl ist, wer wohnt denn da drinnen?« In der Plakatsäule war nämlich eine kleine Tür.

»Niemand«, sagte meine Mutter und lachte mich aus.

Da wünschte ich mir, ich dürfte drin wohnen. Niemand könnte mich da drin entdecken und ich bräuchte nicht in die Schule zu gehen. Ich malte mir viele lustige Geschichten aus und erzählte sie meinem Bruder. Dass das eine riesige Dummheit war, erkannte ich schnell. Er klärte mich nämlich darüber auf, dass hinter der Tür die Straßenkehrer ihre Schaufeln und Besen aufbewahren. Als er das sagte, bin ich böse geworden und auf ihn losgegangen, und das war nicht gut für mich, denn er war viel größer und stärker als ich.

Doch kürzlich erzählte mir jemand eine Geschichte, die von so einer Plakatsäule handelte, die genauso wie jene irgendwo zwischen Gehweg und Straßenrand stand.

Wer sie betrachtete, fand eigentlich nichts Besonderes an ihr. Sie war, wie alle anderen auch, rundherum mit bunten Plakaten beklebt. Ab und zu riss ein Mann ein oder zwei Plakate ab und klebte ein oder zwei neue hin und wenn er keine Lust hatte, die alten Plakate vorher abzureißen, klebte er die neuen einfach darüber.

Niemand sah ihr an, dass diese Säule anders als alle anderen war. Auf eine gewisse Weise war sie nämlich verzaubert.

Ab und zu blieb jemand vor ihr stehen, betrachtete ein Plakat und seufzte: »Hm, so ein gebratenes Hähnchen wäre jetzt gut!« – oder: »Ach, hab ich jetzt Lust auf ein Glas Bier. Das käme mir gerade recht!« Je nachdem, was auf dem Plakat gerade zu sehen war. Doch das war von den Leuten, die die Plakate dort anbringen ließen, beabsichtigt. Auch die Kinder, die an der Säule vorbeikamen, blieben jeden Tag davor stehen. Die Mädchen flüsterten: »Seht nur, den schönen bunten Schmetterling! So ein buntes Kleid würde mir auch stehen!« – oder: »Seht mal, das lachende Mädchen mit der Zahnbürste!« – oder: »So ein kleiner Waschzuber, wie der auf dem Plakat mit der dicken Waschfrau fehlt mir noch in meiner Puppenstube!« Die Jungen wünschten sich das Eis, das sich ein lustiger Clown in den Mund tropfen ließ, ein Stück Milchschokolade, das sich ein Junge gerade in den Mund steckte oder den Ball des Seehundes vom Zooplakat. »Könntest du den Ball so auf der Nase balancieren wie der Seehund?«, fragte einer.

»Weiß nicht«, antwortete der. »Könntest du's?«

»Klar, wenn ich nur den Ball hätte!«

So und ähnlich unterhielten sie sich jeden Tag, aber es kam nie etwas dabei heraus, denn sie besaßen weder den Ball noch den kleinen Waschzuber oder die Milchschokolade und das Eis hatten sie ebenfalls nicht. Denn das alles war nur auf den Plakaten zu sehen, mit denen die Plakatsäule beklebt war.

Doch keines von ihnen wusste, dass in ihr ein kleines Männchen wohnte. Durch eine winzige, eiserne Tür konnte es aus- und einschlüpfen. In der Nacht, Glockenschlag zwölf, kam es heraus, huschte drei Mal um die Säule herum und berührte jedes Plakat mit einem langen Stecken. Da wurden auf einmal alle lebendig. Der Junge, der immer Schokolade essen musste, rief laut: »Ich kann keine Schokolade mehr sehen. Wer mag meine Schokolade?«

Gleich kam der bunte Schmetterling geflogen und während er an der Schokolade naschte, dachte er: Die Schokolade ist zwar besser als gar nichts, aber das Beste auf der Welt wäre für mich Sonnenblumenstaub und Blütenhonig!

Inzwischen hatte sich der Schokoladenjunge vom Seehund den Ball geliehen. Er warf ihn dem Clown zu, der sein Eis dem Seehund in die Flossen gedrückt hatte. Der Seehund nahm es gern und weil es schön kalt war, begann er gleich vom Nordpol zu träumen. Das kleine Mädchen mit der Zahnbürste stellte sich in eine Ecke und machte ein böses Gesicht. Das tat es aber nur, weil es sonst immer lächeln musste, damit man seine Zähne sehen konnte. Auch die dicke Waschfrau war traurig. Sie musste immerzu Wäsche waschen. Nie wurde die Wäsche gebügelt. Deshalb wünschte sie sich nur ein einziges Mal bügeln zu dürfen.

Über alles das und noch vieles andere unterhielten sich die Plakatleutchen jede Nacht. Wenn es regnete, krochen sie in die Säule hinein. So konnte ihnen der Regen nichts anhaben. Es war warm und gemütlich und das Männchen erzählte ihnen die neuesten Neuigkeiten.

Glockenschlag eins aber nahmen sie ihre Plätze auf den Plakaten wieder ein. Das Männchen berührte sie mit seinem Stecken und gleich wurden sie flach und stumm wie zuvor.

Einmal, als sie wieder bei dem Männchen in der Säule hockten, erzählte es ihnen von den Kindern, und was sie sich immer so wünschten, wenn sie vor der Säule standen: das Eis, den Ball, die Schokolade und den kleinen Waschzuber. Da sagte der Clown: »Ach, wenn wir nur einmal mit den Kindern tauschen könnten. Nur einen einzigen Tag lang!«

Da riefen alle: »Ja, das wäre gut! Wir könnten für die Kinder zur Schule gehen und zu Hause helfen und am Nachmittag einen Spaziergang machen. In der Zwischenzeit könnten die Kinder die Plätze auf unseren Plakaten einnehmen. Sie könnten darin Ball spielen, Schokolade essen, Eis lutschen und alles tun, was sie sich wünschen.«

Das Männchen überlegte. Es kratzte sich mit der rechten großen Zehe hinter dem linken Ohr. Das tat es oft. Dann hatte es nämlich bessere Einfälle.

»Hm«, meinte es dann. »Wenn ihr es euch wirklich wünscht, könnte es gehen. Ich werde die Kinder fragen!« Noch in derselben Nacht besuchte das Männchen die Kinder in ihren Träumen. Er setzte sich auf ihre Bettkanten und erzählte. Den Jungen erzählte es vom Schokoladenjungen, der schon lange keine Schokolade mehr essen mochte und vom Seehund, der es satt hatte, den ganzen Tag einen Ball auf der Nase zu balancieren. Den Mädchen erzählte es vom Schmetterling, der sich so sehr wünschte einmal Sonnenblumenstaub und Blütenhonig zu schlürfen, von der dicken Waschfrau, die gern einmal bügeln würde und von dem Mädchen mit der Zahnbürste, das nicht mehr lachen mochte. Und am Schluss machte das Männchen den Kindern den Vorschlag für einen Tag miteinander zu tauschen. Die Kinder würden zu Plakaten werden und die Plakatleute dafür zur Schule gehen.

Alle waren begeistert. Aber das Männchen erzählte die Geschichte auch jeder Mutter, jedem Vater und dem Lehrer. Damit sie sich nicht wunderten, wenn statt ihrer Kinder die Plakatfiguren in die Schule kämen. Auch die Mütter, Väter und Lehrer waren mit seinem Plan einverstanden.

Danach bestellte das Männchen die Kinder in der nächsten Nacht Glockenschlag zwölf an die Plakatsäule, aber ganz pünktlich, bitte sehr. Und alle Kinder waren zur rechten Zeit da.

Am Morgen fiel es nur wenigen Leuten auf, dass an der Plakatsäule irgendetwas nicht in Ordnung war. Sie hatten es alle viel zu eilig, hasteten an ihr vorbei und dachten nur daran, welcher Ärger ihnen wieder bevorstehen würde. Es war ja eigentlich auch nichts Besonderes, wenn jetzt ein fremder kleiner Junge Schokolade aß oder ein fremdes Mädchen seine Zähne zeigte oder statt der dicken Waschfrau ein Mädchen am Waschzuber stand und statt des Clowns ein Bub Eis lutschte. Erstaunlich war nur, dass an Stelle des Seehunds ein kleiner Bub den Ball auf der Nase balancierte und dass man statt eines bunten Schmetterlings ein Mädchen in einem bunten Kleid bewundern konnte.

Aber, wie schon gesagt, es fiel ihnen nicht weiter auf.

Doch die Schulkinder staunten nicht wenig, als die Plakatleute in die Schule kamen.

Zuerst kam der Schokoladenjunge. Auf seiner Schulter saß der Schmetterling. Ihm folgten der Clown, das lächelnde Zahnpasta-Mädchen und die Waschfrau. Am Schluss watschelte der Seehund vom Zooplakat in die Klasse.

Da war es gut, dass der Lehrer Bescheid wusste. Er setzte sie in die vorderen Bänke. Dann fragte er den Schokoladenjungen: »Wie viel ist zwei und zwei?« Es war eine besonders leichte Frage. »Zwei und zwei ist …«, stotterte der Junge, woher sollte er es denn wissen, er war ja niemals zuvor in die Schule gegangen. »Zwei und zwei ist – Herr Lehrer, ist zwei und zwei vielleicht sieben?«

Die anderen Schüler lachten. Nachdem auch der Schmetterling und die kleine Waschfrau die Frage nicht beantworten konnten, erkannte der Lehrer, dass es bei den neuen Schülern mit dem Rechnen nicht weit her war. Aber vielleicht konnten sie Gedichte aufsagen?

»Du«, sagte er zum Clown, »kannst du mir ein Gedicht aufsagen?«

»Eis ist gut – Eis ist gut – Eis ist gut ...«, begann dieser. Es war das Einzige, was ihm einfiel, weil es auf seinem Plakat stand. »Eis ist gut – Eis ist gut – Eis ist gut ...«

»Hör bloß auf«, sagte der Lehrer, »setz dich lieber wieder hin!« Und fuhr fort: »Lasst uns zusammen ein Lied singen!«

Er stimmte an und die ganze Klasse sang:

Hänschen klein,
ging allein
in die weite Welt hinein –
Stock und Hut
steht ihm ...

»Ö – öh ...«, erklang es da auf einmal, und die Kinder jauchzten los, weil sie noch nie vorher einen Seehund hatten singen hören. Das klang für ihre Ohren ein bisschen ungewöhnlich, auch wenn er unter Seehunden vielleicht ein berühmter Tenor gewesen wäre.

Der Lehrer sah ein, dass an diesem Tag im Unterricht nichts Gescheites herauskommen würde, und die Plakatleute sahen ein, dass das »in die Schule gehen« doch ein bisschen schwieriger war, als sie es sich vorgestellt hatten. Deshalb beschloss er seinen Schülern Geschichten zu erzählen. Geschichten hören alle gern. Und während er erzählte, hockten alle still in ihren Bänken und mucksten sich nicht.

Dann war es auf einmal Mittagszeit und alle gingen heim. Die Plakatleute waren bei den Eltern der Kinder, die ihre Stelle auf den Plakaten eingenommen hatten, zu Gast. Vorher machten sie miteinander aus, wann und wo sie sich nach dem Essen treffen wollten.

Das Mittagessen verlief ohne besondere Ereignisse, nur beim Seehund und beim Schmetterling war es etwas schwierig. Seehunde und Schmetterlinge machen sich nämlich nichts aus Röstkartoffeln und Spinat. Doch die Mütter wussten sich zu helfen: Der Seehund bekam ein paar Heringe serviert und der Schmetterling suchte sich einen Geranienstock auf dem Fenstersims aus. Dort nahm er sein Geranienblüten-Mittagsmahl ein.

Nach dem Essen versuchten die Gäste beim Abwaschen zu helfen. Aber, ach, das ging bei den meisten schief. Sie hatten das niemals vorher geübt. Da fiel ein Teller auf den Boden und zerbrach oder ein Topf war noch nicht sauber. Wie glücklich waren sie, als alles Geschirr wieder weggeräumt war. Sie bedankten sich bei ihren Gastgebern und machten sich auf den Weg zu ihrer Plakatsäule, wo sie sich alle miteinander verabredet hatten.

»Also, was fangen wir jetzt an?«, fragte der Clown den Schokoladenjungen.

»Ich schlage vor, gehen wir einfach mal der Nase nach«, antwortete der. »Dann wird uns schon etwas einfallen.«

»Wenn ich meiner Nase nach gehe, dann führt sie mich direkt in den Himmel«, sagte der Seehund.

»Nimm's nicht so wörtlich«, wies ihn der Schokoladenjunge zurecht. »Das war bloß so eine Redensart.«

Sie waren noch nicht weit gegangen, da kamen sie an einer Wäscherei vorbei. »Eine Wäscherei! Da kann ich bügeln!«, rief die kleine dicke Waschfrau entzückt. Sofort eilten alle mit ihr hinein und auf dem kürzesten Weg ins Bügelzimmer. Mit einem Blick auf den nach Heringen stinkenden Seehund, schrie die Bügelmeisterin entsetzt: »Was wollt ihr denn hier?«

»Bügeln«, antwortete die Plakatwaschfrau. »Das wünsche ich mir nämlich schon lange!«

»Und warum willst du das?«, fragte die Bügelmeisterin. »Und ganz ohne Bezahlung?«

»Einfach nur so …«, entgegnete die Waschfrau, »weil's mir Spaß macht.« Während die Meisterin noch den Kopf schüttelte, griff die kleine Wäscherin flink nach einem Bügeleisen und »huschdipusch« hatte sie einen ganzen Korb Wäsche gebügelt. Stolz und befriedigt zog sie mit den anderen weiter. Sie stiegen in eine Straßenbahn und fuhren zum Zoo. Schließlich wollte der Seehund seine Verwandtschaft kennen lernen. Er begrüßte sie mit vielen »Öhhs und öhöhs«. Es gab ein langes Seehundgeschwätz, von dem die anderen nichts verstanden.

Ein wenig später kamen sie aus der Stadt hinaus und auf eine große Blumenwiese. Wenn der Schmetterling hätte jauchzen können, hätte er es bestimmt getan. Aber Schmetterlinge sind leider stumm, jedenfalls können wir ihre Unterhaltung nicht verstehen. So flatterte er nur über die Blumen und ließ sich auf einer Margerite nieder, wo er seinen Nachmittagstee in Form von Margeritenblütennektar zu sich nahm.

Nun wollt ihr wissen, wie es den Kindern auf der Plakatsäule erging. Eigentlich könnte man annehmen, dass sie nun glücklich und zufrieden sein müssten, denn sie hatten alles, was sie sich so sehnlich gewünscht hatten. Der kleine Junge, der die Stelle des Seehunds eingenommen hatte, war zuerst auch sehr stolz, wie leicht und mühelos er den Ball auf der Nase balancieren konnte. Aber mit der Zeit tat ihm der Hals weh und er hätte gern den Ball für einen kurzen Augenblick heruntergenommen und sich ausgeruht.

Doch leider war das nicht möglich. So tröstete er sich damit, dass ihn seine Schulkameraden auf dem Heimweg bewundern würden. Doch er musste enttäuscht feststellen, dass sie einfach vorbeigingen und ihn keines Blickes würdigten.

Den beiden Jungen, die Schokolade essen und Eis lutschen durften, erging es ähnlich: Eigentlich hätte ich jetzt Lust auf ein richtiges Butterbrot, überlegte der eine und der andere stöhnte: »Das süße Zeugs hängt mir zum Halse heraus. Mir tut schon der Bauch weh!« Das Zahnpastamädchen mochte gar nicht mehr lächeln, dem Waschmädchen taten die Hände vom Rubbeln weh und das Schmetterlingskind langweilte sich entsetzlich in seinem bunten Kleid.

Kurz und gut, alle konnten es kaum erwarten, bis die Turmuhr endlich Mitternacht schlug. Das kleine Männchen huschte wieder drei Mal um seine Säule herum, berührte jedes Plakat mit seinem Stecken und erlöste sie.

Auch die Plakatkinder waren schon da. Sie erzählten sich gegenseitig ihre Erlebnisse und lachten sehr darüber. Um ein Uhr nahmen sie Abschied voneinander. Die Kinder kehrten heim und die Plakatleutchen nahmen ihre Plätze auf den Plakaten wieder ein. Alles war wieder so wie bei den anderen Plakatsäulen.

Am nächsten Morgen, als die Kinder an der Säule vorbei in die Schule gingen, nickten sie ihren Freunden zu, klopften an die Säule und riefen: »Guten Morgen, Plakatmännchen! Hast du gut geschlafen?«

Die Plakatleute freuten sich noch lange über ihren Ausflug und sie berichteten allen neuen Plakaten in der Mitternachtsstunde von ihren Abenteuern.

Das war's. Und wenn euch jemand erklärt, in den Plakatsäulen bewahrten die Straßenkehrer nur ihre Schaufeln und Besen auf, dann wisst ihr es besser.

Wolpertinger

In einem Land am Rand der Berge siedelte sich vor vielen tausend Jahren ein ziemlich streitbares Volk an.

Dort lebten einmal zwei Kinder. Es waren Bruder und Schwester. Der Bub hieß »Bub« und das Mädchen »Dirndl«. Ob das ihre richtigen Namen waren, weiß ich nicht, aber ihr Babba und ihre Mamma riefen sie nur so und die Nachbarn auch.

Diesen Kindern konnte es niemand recht machen. Wenn die Mamma am Abend sagte: »'s ist Zeit zum Insbettgehen!«, wollten sie nicht, und wenn sie sie morgens weckte, dann wollten sie nicht aufstehen. Wenn aber der Bub spielen wollte, wollte das Dirndl lieber den Vögeln zuhören und wenn sich das Dirndl zu Ostern eine Torte mit Schlagrahm wünschte, dann wollte der Bub lieber ein Stück Leberkäs und einen Radi dazu haben.

Nun gehörte außer dem Bub, dem Dirndl, dem Babba und der Mamma noch eine Tante zur Familie, die Tante Zenzi. Eigentlich hieß sie Kreszenzia, aber das war ein viel zu langes Wort, um jemanden damit zu rufen. Der Bub und das Dirndl bewunderten ihre Tante Zenzi, weil sie so stark war, dass sie mit jeder Hand gleichzeitig sechs bis zum Rand gefüllte Bierkrüge stemmen konnte.

Eines Tages stritten sich die Kinder mal wieder.

»Ich hab keine Lust mit dir um die Wette zu rennen!«, rief der Bub. »Du bist ja langsamer als 'ne Schnecke!«

»Wer sagt, dass ich mit dir um die Wette laufen will?«, schrie das Dirndl wütend und stampfte mit dem Fuß auf. »Ich geh lieber klettern.«

»Dass ich nicht lache«, spottete der Bub. »So ein Hasenfuß wie du kommt nicht weit. Machst dir vor Angst ja gleich in die Hosen!«

Doch gerade als das Dirndl zum Sprung ansetzte, um dem Bub das Gesicht zu zerkratzen, kam ihre Tante Zenzi dazu. »He, was soll das?« Sie packte die beiden am Schlafittchen und hob sie in die Höhe.

»Hasenfuß!«

»Schnecke!«

»Sturer Bock!«

»Kratzekatze!«

»Esel!«

»Dumme Sau!«, kreischten der Bub und das Dirndl wild durcheinander.

»Mei, seids ihr wolpert!«, sagte die Tante Zenzi in aller Seelenruhe, worauf der Bub und das Dirndl erstaunt den Mund zuklappten.

»Was sind wir?«, wollten sie wissen.

»Wolpert«, wiederholte die Tante. »Was denn sonst?«

»Was ’n das?«

»Wolpert ist wolpert.«

Da sahen sie die Kinder verwundert an.

»Wisst ihr nicht, was das ist?«, fragte die Tante Zenzi und als sowohl der Bub als auch das Dirndl heftig die Köpfe schüttelten, fuhr sie fort: »Na, dann muss ich’s euch ja einmal zeigen.«

Sie verabredete sich mit ihnen in der nächsten Vollmondnacht Schlag zwölf hinter dem Stall bei der großen runden Regentonne.

Das war schon drei Tage später.

Vielleicht war es Zufall, aber wie die Tante Zenzi zu dem verabredeten Treffpunkt kam, wo die Kinder schon auf sie warteten, schrie in der Nähe eine Eule ganz schauerlich. »Huhuh, huhu!«

Da lief es dem Bub und dem Dirndl kalt den Rücken hinunter und sie erinnerten sich daran, dass der Babba schon öfters behauptet hatte, die Tante Zenzi wäre nicht ganz richtig im Kopf, vielleicht könnte sie hexen.

Zuerst schnitt sie mit einem langen Messer einen Weidenzweig ab und band ihn zu einem Kreis zusammen. Diesen Kreis legte sie auf das Wasser, das sich in der Tonne angesammelt hatte. Danach streute sie eine Hand voll Brennnesselsamen in den Ring, tauchte ihren linken Zeigefinger ins Wasser und rührte dreimal rechts- und neunmal linksherum, wobei sie geheimnisvoll murmelte:

Bocksgehörn und Eselsohr,
Hasenschwanz und Bärentatze,
Komm aus deinem Loch hervor,
Große, wilde Kratzekatze!
Rühre, rühre Zauberfinger!
Zeige dich, oh Wolpertinger!

Da schien es, als steige ein Brummen aus der Regentonne, das sich allmählich in Hundegebell verwandelte und schließlich in Vogelgezwitscher endete.

»So«, sagte die Tante Zenzi, hob den runden Weidenzweig hoch und hielt ihn den Kindern vor's Gesicht. »Schauts nur rein in den

Zauberspiegel! Da könnt ihr sehen, was das Wort ›wolpert‹ bedeutet.«

Es war, wie wenn sie das Wasser mit hochgehoben hätte oder so, als hielte sie nun einen schwarzen Spiegel in der Hand, in dem langsam, ganz langsam ein merkwürdiges Tier Gestalt annahm.

Es war ein Tier wie die Kinder noch nie eines gesehen hatten.

»Was 'n das?«, stotterte der Bub wieder erschrocken und dem Dirndl verschlug es die Sprache.

»Ein Wolpertinger, was sonst?«, erklärte die Tante. »Der ist nämlich so wie ihr seid.«

»Ach je!«, seufzte das Dirndl.

»Hast was dagegen?«, brummte der Wolpertinger und kämmte sich mit seiner Krallentatze den gesträubten Schnauzbart glatt. Doch das Dirndl wusste nicht, ob es was dagegen haben könnte.

»Bist du lieb oder bös?«, wollte der Bub wissen.

»Mal so, mal so. Genau wie ihr.«

»Jessas!«, flüsterte das Dirndl erschrocken. »Drum siehst du so aus!« Und es erinnerte sich daran, dass es seinen Bruder vor drei Tagen einen sturen Bock geschimpft hatte, und er es eine Krallenkatze hieß, worauf es ihn einen Esel nannte und er es mit einer dummen Sau verglich. Da wusste es auf einmal, was »wolpert« bedeutet. Und der Bub wusste es auch, und weil er kein besonders gutes Gewissen hatte, fragte er den Fremdling: »Hast du Hunger? Können wir dir was zum Essen bringen?«

»Gern«, zwitscherte der Wolpertinger. »Essen ist immer gut.«

Da nahmen die Kinder der Tante Zenzi den Spiegel aus der Hand und liefen mit ihm in die Küche.

»Was magst?«, fragte das Dirndl. »Magst ein Stück Kuchen?«

»Am liebsten mag ich einen warmen Leberkäs mitsamt einem großen Radi!«, blökte der Wolpertinger.

»Und vielleicht dazu ein Bier?«, schlug das Dirndl vor.

»Ne, ein Stück Torte mit Schlagrahm«, sagte der Wolpertinger.

»Aber das passt doch nicht zusammen«, fand der Bub. »Davon kriegt man Bauchweh.«

»Ich kann mich halt nicht entscheiden«, krähte der Wolpertinger. »Das geht mir immer so. Ein Teil von mir mag lieber Leberkäs und der andere Teil lieber Torte. Ich weiß nicht, woher ich das hab.«

Doch der Bub und das Dirndl wussten es. Trotzdem stellten sie alles, was er sich wünschte vor ihm auf den Tisch und sahen ihm zu, wie er seinen Spiegel verließ und das merkwürdige Mahl verschlang. Natürlich bekam er Bauchweh davon. Der Bub und das Dirndl hatten eine Menge Arbeit mit ihm, bis es wieder vorbei war. Zuerst kochten sie ihm Pfefferminztee. Dann machten sie Wasser heiß und füllten es in eine Wärmflasche. Dazwischen trösteten sie ihn, wenn er zu jammern begann.

Sie massierten ihm den Bauch, hielten ihm die Tatzen und streichelten ihn, bis er schließlich eingeschlafen war. Danach schubsten sie ihn zurück in seinen Spiegel und deckten ihn dort mit einem wollenen Tuch zu. Anschließend verstauten sie den Spiegel mitten zwischen ihren frisch gewaschenen Unterhosen im Schrank und gingen selbst ins Bett, denn sie waren ziemlich müde.

Ein paar Tage lang vergaßen der Bub und das Dirndl, dass sie sich sonst immer stritten. Die Mamma sah sie schon ganz besorgt an, weil sie Angst hatte, es könnte ihnen was fehlen.

Doch dann zog der Bub das Dirndl plötzlich an den Haaren, und als sie ihm gleich darauf ein Bein stellte, schrie er voll Wut: »Lass das, du dumme Kuh!« Woraufhin sie ihn einen »Mistkäfer« nannte.

»Mei, seids schon wieder so wolpert!«, brüllte die Tante Zenzi aus dem Nebenzimmer. »Habts nit amal genug gestritten?«

Da fiel den beiden siedend heiß ein, dass der Wolpertinger immer noch zwischen ihren Unterhosen schlief. Sie rannten in ihr Zimmer, rissen den Schrank auf und wühlten den Spiegel heraus.

»Uaaah!«, gähnte der Wolpertinger und reckte sich und streckte sich. »Isses schon wieder Zeit zum Aufstehen?«

Verwundert sahen ihn der Bub und das Dirndl an, denn er hatte sich in der Zwischenzeit stark verändert. Da wo früher das

Geweih aus der Stirn gewachsen war, wuchsen nun Kuhhörner und am Rücken hingen ihm Käferflügel.

Plötzlich begann ihr Gast zu greinen: »Mag aber nit aufstehen«, jammerte er. »Mag aber doch, oder auch nit, huhuhu!«

»Mei, bist du wolpert!«, stöhnte das Dirndl.

»Deswegen heiß ich ja so!«, heulte der Wolpertinger. »Und so wie ich bin, seh ich auch aus! Huhuhu!«

»Hör auf zu heulen!«, versuchte ihn der Bub zu trösten. »Steh lieber auf und spiel mit uns Fußball!«

Da kugelte der Wolpertinger schnell aus dem Spiegel heraus und spielte mit dem Bub und dem Dirndl Fußball, bis sie alle drei müde wurden. Und dass sie sich einmal nicht stritten, bemerkte keiner von ihnen.

Das ging so eine Zeit lang dahin. Ab und zu holten die Kinder den Wolpertinger heraus, spielten mit ihm oder gingen mit ihm spazieren. Streiten taten sie sich nur noch selten, denn einer von ihnen rief gleich: »Mei, sei doch nit so wol…!« Und dann hörten sie schnell wieder auf damit. Wenn es aber doch passierte, und sie sich gegenseitig Schimpfwörter an den Kopf schmissen, dann veränderte der Wolpertinger sein Aussehen, so als sei er ein Spiegelbild ihres Streites.

Der Wolpertinger war ihr Geheimnis, von dem außer ihnen nur noch die Tante Zenzi wusste, und die war verschwiegen wie ein Grab. Und so hätte kein fremder Mensch je etwas von der Existenz dieses merkwürdigen Tieres erfahren, wenn nicht eines Tages …

Eines Tages geschah es, dass sich im Schulhof während der Pause zwei Buben in die Haare gerieten. Zuerst waren sie nur verschiedener Meinung, dann beschimpften sie sich laut und schließlich begannen sie zu raufen. Dem einen halfen seine Freunde und dem anderen die seinen, sodass bald der ganze Schulhof voll raufender Buben war.

Da schrie auf einmal eine durchdringende Mädchenstimme: »Mei, seids ihr blöd! Ihr seid ja wolperter als ein Wolpertinger!«

»Was sind wir?«, brüllten die Buben zurück und hörten auf mit der Rauferei.

»Als ein Wolpertinger!«, wiederholte das Dirndl lachend.

»Was 'n das? Das gibt's ja gar nicht!«

»Natürlich gibt's das. Soll ich's euch zeigen?« Und ohne sich lange zu besinnen, rannte das Dirndl so schnell es konnte nach Hause, holte den Zauberspiegel aus den Unterhosen und trug ihn zurück in die Schule.

»He!«, schluchzte der Wolpertinger erschrocken. »Nicht so schnell. Da wird unsereins ja seekrank davon!« Doch das Dirndl beachtete ihn nicht.

Und weil die Pause schon lange zu Ende war, als es zurückkam, platzte es mitten in den Unterricht.

»Schauts her«, rief sie triumphierend. »Da ist er!«

»Wer?«, fragte der Lehrer erstaunt.

»Der Wolpertinger«, erklärte ihm das Dirndl, während die Schüler mit offenen Mündern das merkwürdige Tier im Spiegel anstarrten.

»Na, so was! Das ist doch ein …« Doch dem Lehrer fiel nicht ein, welcher Tiergattung er dieses Wesen zuordnen könnte. Ein Esel war er nicht und ein Vogel auch nicht, auch kein Eichhörnchen, keine Gämse und kein Hase und doch hatte er von jedem dieser Tiere etwas.

Inzwischen war der Wolpertinger aus dem Spiegel geschlüpft. Er hatte zuerst das Lehrerpult untersucht und alle Hefte durcheinander geworfen. Danach war er von Tisch zu Tisch gehopst, hatte dem einen mal schnell übers Ohr geschleckt, ein Mädchen an den Zöpfen gezogen und schließlich war er hochgeflattert und hatte sich auf die Lampe gesetzt.

»Vielleicht ist es ein Gämsenhund?«, schrie der Seppi von der letzten Bank.

»Oder ein Hasenvogel?«, plärrte die Lisei, die neben dem Dirndl hockte.

»Ein Eselsbär!«

»Oder eine Bärensau!«, kreischten die Kinder wild durcheinander und der Xaver schlug vor, dass man es schlachten und ausstopfen sollte. Man bekäme sicher viel Geld dafür. Dem Xaver seinem Vater gehörte nämlich der Krämerladen im Dorf.

Doch als der Wolpertinger das hörte, bekam er einen fürchterlichen Schreck. Schlachten wollte man ihn und ausgestopft in einen Glaskasten stecken, so wie er draußen auf dem Gang viele Tiere gesehen hatte. Nein, das kam nicht in Frage. Deshalb stieß er sich von der Lampe ab und flatterte durchs offene Fenster davon.

Wohin er geflattert ist, weiß niemand, denn niemand hat ihn jemals wieder gesehen. Auch nicht das Dirndl und der Bub. Ob die Tante Zenzi ihn nochmals gesehen hat, ist nicht bekannt, denn sie kann schweigen wie ein Grab.

Als die Kinder an diesem Tag von der Schule heimkamen, erzählten sie ihren Eltern, dass sie einen Wolpertinger gesehen hätten, und ihre Eltern erzählten es an allen Stammtischen und Kaffeekranzln weiter und immer weiter.

Seitdem ist das Volk in den Bergen viel friedlicher geworden, denn immer wenn einer Streit anfangen will, sagen die Leute zu ihm: »Sei nit so wolpert!«

Und das hilft dann manchmal und ein anderes Mal hilft es nicht. Doch viele Forscher rätseln heute immer noch, was für ein Tier das gewesen sein mag.

Ein Gämsenhund?

Oder doch ein Eselsbär?

Ein Hasenvogel?

Oder letztendlich doch eine Bärensau?

Palmkätzchen

An einem sonnigen Vorfrühlingstag kam Nicki nicht von der Schule heim. Unten, im Talboden, war der Schnee schon fast völlig weggeschmolzen. An einigen Stellen des Waldrands blühte bereits der Seidelbast und im Gletscherbach tauchten die Wasseramseln nach Fliegenlarven. Für die Leute im Tal war der Frühling gekommen.

Doch oben, dort, wo der Nicki mit seiner Familie wohnte, war es immer noch Winter. Sorgenvoll betrachtete der Vater den immer kleiner werdenden Heuvorrat. Es ist noch viel Schnee da, dachte er. Viel zu viel. Die Sonne hat noch keine Kraft.

Niemand wusste, warum der Nicki nicht heimgekommen war. Er war, wie jeden Morgen, zusammen mit seiner Schwester Anna zur Schule gegangen. Den ersten Teil des Wegs waren sie mit dem Rodelschlitten gefahren, dann, als der Weg braun und matschig wurde, hatten sie den Schlitten einfach abgestellt und waren gelaufen. Doch auf dem Heimweg hatte Nicki Anna nur bis zur Schneegrenze zurückbegleitet.

»Geh schon vor!«, hatte er zu ihr gesagt. »Ich komm gleich nach.« Und dabei hatte er so ernst geschaut, dass ihn die Anna nicht zu fragen getraut hatte, was er denn vorhatte.

Also war sie allein weitergegangen. Es war ihr warm geworden, deshalb war sie oben am Hang stehen geblieben, um sich ein wenig auszuruhen. Dabei hatte sie sich umgedreht und nach dem Nicki Ausschau gehalten. Doch dieser war spurlos verschwunden.

So war sie allein heimgekommen. Sie kannte den Weg. Sie war schließlich schon sieben Jahre alt und nur ein Jahr jünger als ihr Bruder.

»Nicki kommt später«, hatte sie der Mutter erklärt. »Er hat noch was vor. Wir sollen nicht warten auf ihn!« Worauf die Mutter damit begonnen hatte, die Suppe auszuteilen.

Sie lebten zu fünft auf dem Hof. Da waren der Vater und die Mutter, Nicki, Anna und der Großvater. Sie waren nicht reich, aber für fünf Personen gab es immer satt zu essen.

Am frühen Nachmittag des Tages, an dem Nicki nicht von der Schule heimgekommen war, wurde es auch in der Höhe warm.

Ein dünner Föhnwolkenschleier zog sich über den Himmel und die Berge schienen zum Greifen nahe. Vom Dach tropfte und rieselte Tauwasser. Nickis Mutter putzte Fenster. Übermorgen war Palmsonntag. Bis dahin sollte das Haus sauber sein.

Mitten in der Bewegung hielt sie auf einmal ein. Obwohl keine Wolke am Himmel zu sehen war, donnerte es. Nur allzu gut war ihr das Geräusch bekannt und doch erschrak sie immer wieder, wenn über der Klamm eine Lawine abging. Das Poltern wurde lauter und ebbte ab. Dann war es wieder still.

Da fiel ihr auf einmal siedend heiß ein, dass der Nicki immer noch nicht heimgekommen war. Voll Sorge machte sie sich auf die Suche nach ihrem Mann. Sie fand ihn im Hof, wo er mit einer Hacke Gräben zog, um das Tauwasser abzuleiten.

»Nicki ist immer noch nicht da«, sagte sie.

»Er wird sich irgendwo herumtreiben.«

»Aber es wird schon bald dunkel.«

Über dem gegenüberliegenden Gratrücken stand die Sonne schon tief.

»Und was sagt die Anna dazu?«, wollte der Vater wissen.

»Die Anna weiß gar nichts.«

»Wo hat sie ihn denn zuletzt gesehen?«

»Unten am Steg. Dort, wo sie immer den Schlitten stehen lassen.«

»Na gut«, brummte der Vater und räumte noch einen Stein aus der Rinne. Dann lehnte er die Hacke an die Schuppenwand.

»Ich geh ja schon.«

»Ja, ja«, drängte die Mutter. »Beeil dich!«

Er holte sich seine Jacke aus dem Haus und machte sich an den Abstieg. Als er den Steg erreichte, verschwand die Sonne hinter dem Grat. Es wurde kühler. Von Nicki entdeckte er keine Spur. Er wird ins Tal zurückgelaufen sein, dachte der Vater, obwohl es ihm unwahrscheinlich vorkam. Es war nicht Nickis Art, einfach wegzubleiben.

Der Vater beschleunigte seine Schritte. Jetzt rannte er fast den steilen Weg hinunter

Am Dorfrand begegnete er dem alten Marschner.

»'n Abend«, begrüßte ihn der Alte. »Was machst 'n du noch so spät hier unten?«

»Ich such den Nicki.«

»Den Nicki?« Der Marschner überlegte. Er war schon sehr alt, und es dauerte eine Weile, bis er begriff. »Warum?«

»Weil er nach der Schule das Heimkommen vergessen hat!«

»So, hat er das?«

Nickis Vater starrte ihn ungeduldig an. »Vielleicht weiß der Peter, wo er ist?«, fragte er. Der Marschner Peter ging in Nickis Klasse.

»Wenn du meinst, dann frag ihn doch selbst. Er ist daheim.«

Als der Vater die Küche betrat, hielt der Peter gerade einen Weidenzweig in der Hand und prüfte die Knospen. Vor ihm auf dem Boden stand ein mit Wasser gefüllter Tränkeimer.

»'n Abend«, grüßte Nickis Vater.

Peter ließ sich nicht stören. Er fand den Zweig offensichtlich in Ordnung. Deshalb steckte er ihn in den Eimer zurück und zog sich einen anderen aus dem auf dem Tisch liegenden Bündel. »'n Abend.«

»Ist der Nicki bei euch?«

»Nein.« Der Zweig missfiel dem Peter. Er warf ihn zur Seite.

»Weißt du, wo er sein könnte?«

»Er wollte nach der Schule Palm schneiden.«

»Der Nicki? Palm?«, fragte der Vater ungläubig.

»Warum denn nicht?«

»Weil er noch nie Palm geschnitten hat.«

»Aber diesmal wollte er es. Übermorgen ist Palmsonntag.«

Da erinnerte sich Nickis Vater auf einmal daran, dass Nicki ihn vor einigen Tagen danach gefragt hatte. Doch er hatte ihm erklärt, dass die Kinder auf einem so hoch gelegenen Hof viel zu weit laufen müssten, um Weidenbüsche mit Palmkätzchen zu finden.

»Der Pfarrer hat uns erzählt, dass es eine Huldigung sei für unseren Herrgott«, hatte der Nicki eingewendet. »Und dann hat er noch gesagt, dass ihn die Leute damals, bei seinem Einzug nach Jerusalem mit Palmzweigen zugewunken hätten. Doch weil bei uns keine Palmen wachsen, nehmen wir halt Weidenzweige. So eine Begrüßung ist doch eine wichtige Sache.«

»Und die Bonbons, die Schokoladeneier und das Geld, das ihr für die Palmsträuße auf den Höfen bekommt, auch«, hatte der Vater geantwortet.

Daraufhin hatte der Nicki nichts mehr gesagt und sein Vater hatte das Gespräch vergessen.

Der Marschner Peter stellte gerade den letzten Zweig in den Eimer. »Wenn ich ihn recht verstanden hab, wollte er in die Klamm«, sagte er. »In der Schule haben sie erzählt, dass die Weiden dort die dicksten Knospen haben.«

»In die Klamm! Um Gottes willen!« Auch der Vater hatte die Lawine gehört, die in den frühen Nachmittagsstunden dort abgegangen war. Deshalb handelte er rasch. In kurzer Zeit hatte er ein paar Männer gefunden, die ihm helfen wollten. Sie nahmen Lampen mit und Schaufeln und lange Stangen.

Es war schon dunkel, als sie sich auf den Weg machten. Die Meisen und Wasseramseln schliefen schon. Und außerdem war es empfindlich kalt geworden. Der Boden knirschte unter den Schritten der Männer.

Nickis Vater machte sich Vorwürfe. Sein Sohn hatte sich nur an einem Brauch beteiligen wollen. Er hätte ihm so leicht dabei helfen können. Er hätte ihm zeigen können, wie man die Weiden ins Wasser stellt, damit die Knospen aufgehen und wie man sie dann zusammen mit Buchsbaumzweigen zu Sträußen bindet. Später wurden sie auf einen langen Stock gesteckt, den die Jungen während der Messe am Palmsonntag zum Altar vortrugen, damit der Pfarrer ihn weihen konnte. Es war ein schöner alter Brauch. Kein Wunder, dass der Nicki mitmachen wollte.

Die Männer beeilten sich. Keiner redete. Am Steg bogen sie nach links ab und querten den Hang, bis sie den unteren Teil der Klamm erreichten.

»Nicki«, brüllte der Vater. »Nicki, wo bist du?«

Alles blieb still.

»Nicki!«

Unten im Tal schrie ein Käuzchen. Die Männer gingen weiter. Als sie um den nächsten Buckel kamen, standen sie vor der Lawine. Sie war nicht wie sonst durch die Klamm gekommen.

Sie musste sich oben gedreht haben. Dann hatte sie offenbar den Graben verfehlt und war nicht über den Wasserfall hinuntergestürzt, sondern seitlich vorbeigeschossen. Sie hatte sich über die Felsen gewälzt und im unteren Teil das Bachbett verschüttet. Riesige Nassschneebrocken, vermischt mit entwurzelten Sträuchern, Steinen und Dreck waren dort aufgestaut.

Erschrocken blieben die Männer stehen.

»Nicki! He, Nicki!« Der Vater rannte und stolperte über den Schnee und versuchte die Brocken zur Seite zu schieben.

»Komm, lass das«, sagte der Marschner. »So hat's keinen Sinn. Vielleicht war der Bub im oberen Teil des Bachbetts, als die Lawine herunterkam.«

Und wenn wir kein Glück haben, schoss es dem Vater durch den Kopf, dann ist er jetzt tot.

Sie überquerten den Lawinenkegel und stiegen an seinem rechten Rand hoch. Ab und zu blieben sie stehen. Dann legte einer der Männer seine Hände um den Mund und schrie: »Nicki! Hallo! Wo bist du?«

Und auf einmal vernahmen sie eine leise klägliche Stimme. »Hier, hier bin ich!«

Sie folgten der Stimme und fanden den Buben schließlich in einem Hohlraum unter einem Felsvorsprung.

Nicki hatte im mittleren Teil der Klamm Weiden geschnitten, als es hoch über ihm zu poltern begann. Ihm war sofort klar gewesen, was das bedeutete, und er hatte sich rasch unter die Felsnase geduckt. Wie ein Wasserfall war die Lawine über den Felsen gestürzt und hatte sich vor ihm aufgestaut. Aber der Platz, an dem er kauerte, war frei geblieben.

Kurz bevor er völlig eingeschlossen wurde, war der Schnee zum Stillstand gekommen.

»Nicki«, rief der Vater in das Loch hinunter. »Fehlt dir was?«

»Nein«, rief Nicki zurück. »Es ist kalt.« Seine Stimme zitterte.

Es dauerte ziemlich lang, bis die Männer die fest gefrorenen Brocken so weit weggeräumt hatten, dass einer von ihnen zu Nicki hinuntersteigen konnte.

Er war wirklich unverletzt.

»Gott sei Dank. Jetzt aber schnell heim!« Aber der Bub bestand darauf, dass man das Weidenbündel mitnahm.

Nachdem sich der Vater bei den Männern bedankt hatte, kehrten diese ins Tal zurück. Noch lange hörten er und Nicki ihre Stimmen. Dann trug der Vater den Buben, wie früher, als Nicki noch ein kleines Kind gewesen war, auf seinen Schultern den Berg hinauf.

»Da ist er wieder«, sagte er nur, als er ihn der Mutter vor die Füße stellte. »Alles was er braucht, ist ein heißes Bad und eine Bettflasche.« Und das bekam er dann auch.

Am nächsten Tag schlug der Vater ein kleines Fichtenstämmchen im Wald. Er kappte die Äste eine Handspanne vom Stamm entfernt und spitzte sie an.

Inzwischen half Anna beim Binden. Statt Buchs nahmen sie Fichtenzweige. Die fertigen Sträuße steckten sie auf den Fichtenstamm und ganz zum Schluss wickelte die Mutter noch ein rotes Band um die Stange.

Am Palmsonntagmorgen stand Nicki mitten zwischen den anderen Buben vor dem Altar und ließ sich seinen Palmstecken weihen. Genau wie die anderen trug er dann seine Sträuße von Hof zu Hof und erhielt ein paar Bonbons, etwas Schokolade und ein wenig Taschengeld dafür.

Und als die Mutter am Abend einen Palmstrauß hinter das Kruzifix im Stubenwinkel steckte, flüsterte sie ihm zu: »Ich dank dir schön, dass der Nicki gesund wieder heimgekommen ist.«

Der Troll

»Wo kommst du her?«,
fragte der kleine Bär
den Troll.
»Du bist geheimnisvoll,
von knorriger Gestalt
und sicher tausend Jahre alt?«
»Ich bin der Troll vom Berg hinter dem Berge,
weit über den Hütten der kleinen Zwerge
bin ich zu Haus.
Ich komm nicht oft ins Tal hinaus
und bin zehnmal so alt
wie der Hochgebirgswald.«
»Soso«, brummte der kleine Bär,
»du kommst vom Berg hinter dem Berge her,
aber sag –
was tut ein Troll so den ganzen Tag?«
»Am Berg hinter dem Berg gibt's viel zu tun,
man hat keine Zeit sich auszuruhn.
Ich lehre den Gämsen,
am Steilhang zu bremsen.
Wenn es nötig ist, geb ich Lawinenwarnung.
Der Schneehase bittet im Sommer um Tarnung,

und das Schneehuhn braucht jedes Jahr wieder
sein weißes Gefieder.
Ich schenke dem Bergfink Freude am Singen,
damit seine Lieder besonders schön klingen.
Im Winter, wenn es kalt ist und schneit,
halte ich Heu für die Rehe bereit.
Im Frühling muss ich das Murmeltier wecken,
den letzten Schnee von den Felsen lecken.
Und wenn übers Joch wilde Stürme rasen,
wenn sie versuchen ihn umzublasen,
geb ich dem Wetterbaum Kraft und Mut.
Das ist's, was ein Troll so die ganze Zeit tut.«

Kleiner Zwerg

Kleiner Zwerg,
hinterm Berg,
wünscht sich was zum Spielen.
»Spielst du mit mir, kleiner Has,
hüpf ich mit dir durch das Gras,
spritzen uns mit Wasser an,
pusten Löwenzahn.
Eins, zwei, drei, vier,
welches Tier
spielt mit uns Verstecken,
hinterm Haus,
du bist raus,
oder unter grünen Hecken?
Schimpft der Rabe Huckebein,
lass ihn ruhig wütend sein,
wenn wir seine Kinder necken,
schlagen unterm Wurzelbaum
einfach einen Purzelbaum.
Kommt der Mond heraus,
gehn wir, jeder still für sich,
schnell nach Haus.«

Jonas und der Hund vom Mond

Es war einmal ein Mann namens Jonas. Er tippelte von Stadt zu Stadt, immer der Nase nach, blieb hier eine Weile und dort eine Weile, aber nirgends sehr lange, denn er besaß kein Zuhause, so wie andere Menschen. Geld hatte er auch keines. Sein einziger Besitz bestand aus einer alten Wolldecke, die er tagsüber mit einem Bindfaden zusammenband und über die Schulter hängte. Wenn er Hunger hatte, suchte er in Mülltonnen nach Essensresten oder setzte sich an eine Straßenecke und bettelte.

Vielleicht wäre er ganz zufrieden gewesen, wenn er sich nicht so verlassen gefühlt hätte. Doch da ihm nichts einfiel, was er dagegen tun könnte, ertränkte er seine Verlassenheit oft in Schnaps.

Eines Tages war Jonas wieder einmal auf dem Weg von einer Stadt zur anderen, als er plötzlich ein Winseln hörte. Er sah sich neugierig um und entdeckte einen komischen Fleck am Rand der Straße. Von weitem sah der Fleck wie ein nasser Lumpen aus, wie ein alter Wollstrumpf oder eine weggeworfene Perücke. Doch schon bald erkannte der Jonas, dass es weder ein Lumpen noch ein Wollstrumpf und auch keine Perücke war, die da lag. Es war ein Hund, den ein Auto angefahren hatte. Bei diesem Unfall hatte er sich ein Bein verletzt.

»Armes kleines Hundchen«, sagte Jonas mitleidig und strich ihm mit der Hand über das schmutzige Fell. Da fuhr ihm der

Hund schnell mit der Zunge über die Fingerspitzen. Es fühlte sich ein bisschen feucht an und ein bisschen warm, aber es war eine andere Wärme als die, die sonst der Schnaps in Jonas erzeugte. »Vielleicht kann ich dir helfen«, sagte er und wickelte einen Stofffetzen um das verletzte Bein. Dann hob er den Hund vorsichtig hoch und setzte seinen Weg fort.

Schon bald führte die Straße über einen Fluss.

»Ah, eine Brücke!«, rief Jonas glücklich. »Eine Brücke bedeutet für Leute wie uns immer ein Dach über dem Kopf. Das ist gut!«

Und das war es dann auch, denn in der Nacht begann es zu regnen. Der Hund kuschelte sich neben dem Mann unter die alte Decke. So machte den beiden die Regenkälte nichts aus.

Da beschloss Jonas ihm einen Namen zu geben, denn ein richtiger Freund muss auch einen Namen haben. Und weil dem Hund manchmal die Ohrspitzen herunterkippten, nannte er ihn einfach »Kippohr«.

Am anderen Morgen wachte Jonas von einem Knurren und Rumpeln auf. Doch es war nicht Kippohr, der da knurrte und rumpelte, sondern sein hungriger Bauch.

»Wart hier auf mich!«, sagte er zu dem Hund. »Ich komme gleich wieder zurück. Großes Ehrenwort!« Er suchte so lang, bis er vor einem Haus ein paar Mülltonnen stehen sah. Als er ein bisschen darin herumwühlte, fand er ein halbes Brot und ein angebissenes Brathähnchen, eine Plastiktüte mit einem trockenen Kuchenstück, einen Wurstzipfel und schließlich noch einen abgenagten Schweineknochen. Mit diesen Funden kehrte er zu Kippohr zurück. Sie teilten alles unter sich auf und machten sich einen schönen Tag.

Nach einer Woche, als Kippohr wieder humpeln konnte, verließen sie ihr Versteck unter der Brücke und machten sich auf den Weg in die Stadt. An einer Straßenecke, an der besonders viele Leute vorbeikamen, hockte sich Jonas auf die Deckenrolle und legte seinen Hut auf den Boden. Vor den Hut stellte er ein Schild, das er immer bei sich trug. »Bin obdachlos und hungrig! Bitte um eine kleine Gabe!« stand darauf.

Kippohr hockte sich neben ihn und hob den Leuten das wehe Bein entgegen. Aber alle gingen an ihnen vorbei, ohne sie zu beachten. Keiner kam auf den Gedanken eine Münze in den Hut zu werfen, kein Einziger. Das machte Jonas sehr traurig. Und weil vergebliches Warten müde macht, döste er ein. Doch auf einmal weckte ihn eine Kinderstimme: »Guck mal, ist der aber niedlich! Gib mir ein bisschen Geld, damit ich's in den Hut werfen kann!«

Verwundert riss Jonas die Augen auf. Da sah er, dass Kippohr neben ihm Männchen machte.

»Und was kann er noch?«, fragte das Kind, als der Hund wieder auf seinen vier Pfoten stand.

»Wuff!«, bellte Kippohr und führte vor, was er noch konnte. Er drehte sich im Kreis auf den Hinterbeinen und sprang Jonas auf den Bauch. Er wedelte mit dem Schwanz und zeigte seine Eckzähne, einmal den rechten und dann wieder den linken, was so aussah, als würde er lachen.

Schon bald umringten die beiden viele Zuschauer. Sie klatschten Beifall und warfen Münzen in den Hut. »Was ist das für ein Hund?«, fragte einer von ihnen. Da überlegte Jonas kurz, bevor er ihm antwortete: »Sieht man das nicht? Dieser Hund gehört zu der seltenen Rasse der rauhaarigen Kippohrenhunde.«

»Wirklich?«, fragte der Mann ungläubig.

»Echt. Wirklich«, erklärte ihm Jonas todernst. »Eigentlich

kommt er vom Mond. Ein Astronaut hat ihn mit auf die Erde gebracht.«

Da staunten die Leute und ein paar von ihnen legten Geldscheine in den Hut, weil sie noch nie einen echten Mondhund gesehen hatten.

»Oh«, seufzte Jonas glücklich und überlegte, ob das Geld wohl reichen würde, um für sich ein Wiener Schnitzel und für Kippohr einen fetten Knochen kaufen zu können.

Auf einmal drängte sich ein Polizist durch die Menge der Zuschauer. »Was ist denn hier los?«, fragte er Jonas. »Sie behindern den Verkehr. Haben Sie eine Erlaubnis vom Amt für öffentliche Ordnung?«

Die hatte Jonas natürlich nicht.

»Das kostet Strafe«, sagte der Polizist. »Und was ist mit dem Hund? Hat er überhaupt eine Steuermarke?«

»Auf dem Mond gibt's keine Steuermarken«, sagte Jonas.

»Das ist mir egal«, erwiderte der Polizist und füllte zwei Zettel aus.

So kam es, dass das Geld aus dem Hut gerade reichte, um die Strafe zu bezahlen. Und Jonas musste seinen Traum von einem großen Schnitzel und einem fetten Knochen wieder begraben.

»Verschwindet!«, befahl der Polizist, nachdem er das Geld kassiert hatte. »Und lasst euch nie wieder hier sehen!«

»Aber wohin sollen wir denn verschwinden?«, fragte Jonas bekümmert. Doch darauf konnte ihm niemand eine Antwort geben.

Die Leute gingen weiter ihren Geschäften nach. Nur ein Mann war stehen geblieben. »Ich war schon lange auf der Suche nach einem neuen Clown«, sagte er zu Jonas. »Die Leute zahlen einen hohen Preis dafür, dass sie einmal wieder richtig lachen können. Hätten Sie nicht Lust, zusammen mit Ihrem Mondhund in meinem Zirkus aufzutreten?«

»Das hätte ich«, antwortete Jonas. »Und was ist mit dir, Kippohr?«

»Wuff!«, bellte Kippohr.

Da unterschrieb Jonas den Vertrag, den ihm der Direktor vorlegte.

So kamen die beiden zum Zirkus. Sie nannten sich »Jonas und der Hund vom Mond« und zeigten alles, was ihnen gerade einfiel: Kippohr machte Männchen und tanzte Walzer auf seinen Hinterbeinen. Er sprang Jonas auf den Bauch, bellte auf Befehl und bleckte ab und zu einen Eckzahn, was so aussah, als lache er die Zuschauer aus. Und wenn sich dann Jonas und Kippohr zum Schluss verneigten, klatschte das Publikum begeistert Beifall und trampelte mit den Füßen. »Zugabe!«, schrie es. »Zugabe! Zugabe!« Abend für Abend war der Zirkus ausverkauft, weil alle den Mondhund sehen wollten.

Von da an hatten beide wieder ein Zuhause. Anstatt zu Fuß die Straße entlang zu tippeln, unter Brücken zu schlafen und sich ihr Essen aus den Mülleimern zu wühlen, fuhren sie von nun an in einem Wohnwagen von Stadt zu Stadt. Und wenn sie Hunger hatten, aßen sie in der Zirkuskantine.

Doch das Beste an der ganzen Sache war, dass sich Jonas nie mehr einsam fühlte, seit er Kippohr gefunden hatte. Und er brauchte nie mehr einen Schnaps, um sich aufzuwärmen.

Lizzy und die Elchflussforellen

Lizzys Vater war Farmer. Die Farm gehörte zu Elk City, und Elk City lag am Ufer des Elchflusses, genau zwischen den blauen Bergen und der Prärie. Die blauen Berge und die Prärie aber gehörten zum Wilden Westen und der Wilde Westen zu Amerika.

An einem besonders heißen Sommertag beschlossen Lizzy und Tom, zusammen mit ihrer Freundin Peggy an den Elchfluss zum Baden zu gehen. Buffalo Bill nahmen sie natürlich auch mit. Die Mutter gab ihnen etwas zu essen mit und ermahnte sie vorsichtig zu sein. Dann zogen sie gemeinsam los.

Die Hitze brütete über der Prärie und langsam färbte sich das Gras gelb. Bald waren sie am Elchfluss angekommen. Das Wasser war kühl und erfrischend. Sie planschten herum und Peggy versuchte Lizzy das Schwimmen beizubringen. Tom ging auf Fischjagd.

»Aber du hast ja gar keine Angel«, sagte Peggy.

»Ich brauch keine Angel. Ich fang sie mit der Hand«, entgegnete Tom.

Später holte Buffalo Bill geduldig alle Stöckchen aus dem Fluss, die Lizzy hineinwarf. Kaum war er wieder an Land, schüttelte er sich, dass die Tropfen nur so flogen.

Als Lizzy müde wurde, legte sie sich ans Ufer und betrachtete ihr Spiegelbild im Wasser. Sie stellte mit Missfallen fest, dass schon wieder ein paar Sommersprossen mehr auf ihrer Stupsnase aufgetaucht waren und dass die Grübchen in ihren Wangen, die alle außer ihr hübsch fanden, wohl nie mehr verschwinden würden.

Plötzlich wackelte ihr Spiegelbild. Unter der Wasseroberfläche am Uferrand stand eine große Forelle. Sie war grau gesprenkelt und hatte rote Punkte auf dem Rücken.

»Hau ab, damit Tom dich nicht entdeckt!«, sagte Lizzy laut. Da huschte die Forelle davon.

»Mit wem unterhältst du dich, Lizzy?«, fragte Peggy erstaunt.

»Mit einer Forelle«, sagte Lizzy.

»Mit Forellen kann man sich nicht unterhalten.« Peggy schüttelte den Kopf. »Sie verstehen nicht, was man zu ihnen sagt.«

»Aber sie hat sich gleich versteckt, nachdem ich sie vor Tom gewarnt hatte.«

»Das war Zufall«, sagte Peggy.

»Nein, das war es nicht«, widersprach ihr Lizzy.

»Woher willst du das wissen?«, fragte Tom, der dazugekommen war.

»Weil Forellen schlau sind.«

»Das sind sie nicht.«

»Das sind sie doch.«

»Sie verstehen unsere Sprache nicht!«

»Sie verstehen sie doch. Ich kann es dir beweisen.«

»Dann beweise es«, sagte Tom.

Da trat Lizzy an die Uferkante und rief so laut sie konnte: »Haut ab, Elchflussforellen. Da kommt Tom, der große Fischjäger!«

Blitzartig huschten drei oder vier Forellen unter der Uferböschung hervor und verschwanden in der Flussmitte.

»Na bitte, was sagst du jetzt?«, fragte Lizzy stolz. »Haben sie mich verstanden oder nicht?«

Und weil Tom ihr nicht das Gegenteil beweisen konnte, musste er sich geschlagen geben.

Allmählich sank die Sonne und es wurde Zeit heimzugehen. Kleine Vögel huschten dicht über den Elchfluss und fingen Fliegen. Buffalo Bill versuchte eine Präriemaus zu fangen.

»Sag mal ganz schnell hintereinander: Elchflussforelle!«, forderte Lizzy Peggy auf. »Elchfußforelle«, sagte Peggy schnell.

»Nein, Elchfrusfloselle«, rief Tom.

Sie lachten, bis ihnen die Bäuche wehtaten.

Lizzy und die alte Indianerin

Wenn Lizzy der Mutter nicht im Haus helfen musste, streifte sie oft in der Prärie umher. Die Prärie begann da, wo die Felder der Farmen zu Ende waren. Sie bestand aus flachen, gleichmäßig mit Gras bewachsenen Hügeln.

Lizzy liebte die Prärie. Manchmal nahm sie sogar ihre Puppe mit, um ihr alles zu zeigen.

Bei so einem gemeinsamen Streifzug traf sie eines Tages eine alte Indianerfrau. Sie trug ein buntes Fransenkleid und ein Stirnband um den Kopf. Die Last der Jahre hatte ihren Rücken krumm werden lassen.

»Hallo«, begrüßte Lizzy sie höflich. »Wie geht es dir?«

»Danke gut, Kleines Reh«, antwortete die Frau.

»Warum sagst du ›Kleines Reh‹ zu mir?«, wollte Lizzy wissen.

»Weil du so dünn bist wie ein Reh und auch so hüpfen kannst.«

»Aber ein Reh hat doch vier Beine«, sagte Lizzy.

»Mit einem Reh verglichen zu werden ist sehr schmeichelhaft«, sagte die alte Frau und schüttelte den Kopf. »Wer zählt da schon die Beine?«

Lizzy sah sie erstaunt an. Von *der* Seite hatte sie das noch nie betrachtet.

»Du hast eine sehr schöne Puppe«, sagte die Alte und zeigte bewundernd auf die Puppe unter Lizzys Arm. Die hatte einen Kopf aus weißem Porzellan, Schlafaugen und zwei Zähnchen zwischen den lächelnden rosaroten Lippen.

»Meine Mutter hat sie mir letztes Jahr zu Weihnachten geschenkt. Sie war ziemlich teuer«, erzählte Lizzy.

»Ich hab noch schönere«, sagte die alte Indianerfrau. »Aber sie sind nicht teuer.«

»Wo?«, fragte Lizzy. »Ich würde sie gern sehen.«

Die Alte deutete über die Prärie. »Sie verstecken sich alle da drin, aber ich kann sie dir zeigen, wenn du willst.«

»Oh ja, bitte!«, rief Lizzy schnell.

Sie hockten sich hin und die Alte kramte ein Messer aus ihrer Tasche. Damit schnitt sie einen dicken Strang Präriegras ab. Sie knickte ihn in der Mitte und umwickelte ein kurzes Stück davon mit anderen Grashalmen. »Das ist der Kopf«, erklärte sie. Danach teilte sie den Doppelstrang in vier Teile. Rechts und links band sie die Arme ab und die beiden mittleren wurden der Körper. Unten teilte sie alles noch einmal in zwei Hälften. Das wurden die Beine.

»Da ist sie schon!« Noch einmal kramte die Indianerin in ihrem Sack und holte einen bunten Stoffrest sowie ein paar Perlen heraus. Sie knüpfte den Fetzen um die Schultern der Puppe und nähte ihr die Perlen mit einem Grashalm ins Gesicht. Zwei schwarze wurden die Augen, drei rote der Mund.

»Jetzt ist sie fertig«, erklärte sie. »Ich gebe ihr den Namen ›Schwankendes Präriegras‹. Gefällt sie dir?«

Lizzy, die ihr staunend zugesehen hatte, erschien es wie Zauberei. Kaum war das Gesicht fertig, kam es ihr so vor, als sei die Puppe lebendig. Viel lebendiger als ihre wertvolle Porzellankopfpuppe. Es schien ihr sogar, als habe die Graspuppe eine Seele. »Oh«, seufzte sie voller Andacht. »Woher kommt es, dass sie so schön ist?«

»Das ist ein alter Indianerzauber«, sagte die Alte. Sie stand auf und klopfte sich den gelben Sand von ihrem Kleid. »Willst du sie haben?« Und bevor Lizzy sich bei ihr bedanken konnte, war sie schon davongehumpelt.

»Vielleicht war sie eine Zauberin oder eine Medizinfrau«, sagte Lizzy am Abend zur Großmutter, als sie ihr zusah, wie sie eine Puppe auf einen Flicken nähte.

»Vielleicht«, pflichtete die Großmutter ihr bei. »Sicher war sie aber eine sehr weise Frau.«

Lizzy und der Zaubersee

Oft, wenn Lizzy unzufrieden war oder sich über irgendetwas beklagte, sagte die Mutter zu ihr: »Ich glaube, Vater muss einmal mit dir zum Zaubersee der Elchflussindianer reiten.«

»Was ist das für ein See, Pa?«, fragte Lizzy ihn eines Abends, als sie gemütlich auf der Hausbank hockten.

Da erzählte der Vater eine Geschichte. Von den Elchflussindianern erzählte er und von ihrem weisen Medizinmann, von dem kleinen Indianerjungen Petah, der eine Brille tragen musste, von Long John Tabakstinker, seinem Freund, und von dem geheimnisvollen See in den blauen Bergen. »Jeder unzufriedene oder aufsässige, streitsüchtige oder missgünstige Elchflussindianer wurde an diesen See geschickt. Er durfte erst zurückkommen, wenn er wieder zufrieden und glücklich war«, schloss der Vater.

Ein paar Tage später musste sich Lizzy schrecklich ärgern: »Die Peggy darf abends schon viel länger aufbleiben als ich!«, schrie sie und stampfte vor Zorn mit dem Fuß auf.

»Die Peggy ist drei Jahre älter als du«, sagte die Mutter.

»Und was ist mit Tom?«, fuhr Lizzy fort. »Er ist nur ein Jahr älter und Pa nimmt ihn viel öfter mit als mich, wenn er in die Prärie reitet.«

»Tom soll frühzeitig die Arbeit mit den Rindern kennen lernen und deshalb muss er ihn begleiten.«

Aber Lizzys Empörung war so groß, dass sie tagelang mit bösem Gesicht herumlief.

Da beschloss der Vater mit ihr den Zaubersee zu besuchen. Er sattelte sein Pferd, packte etwas zum Essen ein, ließ Lizzy hinter sich im Sattel Platz nehmen und ritt los. Buffalo Bill durfte auch mit.

Sie wateten durch den Elchfluss und überquerten die weite Prärie. Am Fuß der blauen Berge fanden sie einen schmalen Pfad. Sie ritten auf ihm durch tiefe Schluchten, über felsige Hänge und Bergrücken. Kurz bevor die Sonne unterging, erreichten sie den See. Tiefblau und still lag er vor ihnen.

»Da ist er«, sagte der Vater. »Er ist eiskalt. Die Indianer glauben, dass das so ist, weil in seinem Wasser schon so viel Bosheit, Neid und Unzufriedenheit versunken sind.«

Er hockte sich mit Lizzy an die Uferböschung. Während das Pferd weidete und Buffalo Bill sich die wunden Pfoten leckte, beobachteten sie, wie die Sonne hinter den Bergen unterging. Im Schilf quakten die Frösche. Ein Reiher flog über das Wasser und in den Bäumen hinter ihnen zwitscherten die Vögel.

»Worüber hab ich mich eigentlich geärgert?«, fragte Lizzy.

»Das musst du selbst wissen«, antwortete der Vater.

Aber sie konnte sich nicht mehr daran erinnern. Was es auch gewesen war, dachte sie, wenn man es so schnell vergisst, dann kann es nicht wichtig gewesen sein. Und ihre Unzufriedenheit fiel von ihr ab und versank im See.

»Ach, geht's mir gut!«, rief sie fröhlich.

»Na, dann können wir ja beruhigt wieder heimreiten«, sagte der Vater. »Der alte Zauber wirkt immer noch.«

Lizzy und das Cowboyfrühstück

Bald nachdem Lizzy alle Buchstaben kennen gelernt hatte, versuchte sie schon die »Neuesten Nachrichten aus dem Wilden Westen« zu lesen. Genau genommen sah sie sich am liebsten die Bilder an, doch mit der Zeit las sie auch die Bildunterschriften oder andere kurze Nachrichten.

Am allerliebsten betrachtete sie aber die Werbeanzeigen. Da war zum Beispiel ein prachtvoller Cowboyhut abgebildet, und darunter stand: »Ob Schnee oder Regen, Wind oder Sand – Meyers Hut hält allem stand.« Oder ein paar lachende Männer scharten sich um eine riesige Zigarettenpackung mit dem Text: »John, Bill und Tom, Slim, Bob und Mike – sie alle rauchen Lucky Strike.«

Am meisten beeindruckte Lizzy aber immer wieder die Reklame von Blondy Blondinskys Frühstücksflocken. »Stark wie ein Präriebüffel, frei wie ein Adler und mutig wie ein einsamer Cowboy wird jeder, der regelmäßig Blondy Blondinskys Frühstücksflocken isst«, stand da, und ein andermal: »Ich gehe meilenweit für Blondy Blondinskys Frühstücksflocken!« Auf dem Bild dazu hockte ein Cowboy auf einer Veranda und aß glücklich lächelnd seinen Flockenbrei.

»Ma«, sagte Lizzy und zeigte auf die Anzeige, »warum kaufst du nie die Blondinsky-Flocken?«

»Wer von euch isst so was?«, fragte die Mutter erstaunt.

»Ich«, antwortete Lizzy.

»Wirklich?«

»Bestimmt.«

Lizzy sah sich schon mutig wie ein einsamer Cowboy, stark wie ein Präriebüffel und frei wie ein Adler werden. »Ich esse es gern.«

»Gut«, sagte die Mutter. »Dann bringe ich beim nächsten Mal eine Packung mit. Aber wehe, wenn etwas davon übrig bleibt!«

»Es bleibt nichts übrig. Das verspreche ich dir«, beruhigte sie Lizzy.

Am nächsten Morgen stand wirklich eine große Packung von Blondy Blondinskys Frühstücksflocken auf dem Tisch. Ungeduldig riss Lizzy sie auf und schüttete etwas davon auf ihren Teller. Stark wie ein Büffel, dachte sie. Dann kann ich Tom besiegen. Sie gab etwas Milch dazu und rührte um. Mutig wie ein einsamer Cowboy, dann laufen die Büffel vor mir davon, weil sie Angst haben.

Erstaunt betrachtete sie die graue Farbe, die der Brei hatte. Frei wie ein Adler! Sie träumte schon lange davon, fliegen zu können. Kurz entschlossen nahm sie einen Löffel Brei und steckte ihn in den Mund.

Brrrr – beinahe hätte sie ihn wieder ausgespuckt. Das schmeckte ja fürchterlich. Wie Stroh oder wie Hühnerfutter. Lizzy hatte zwar bisher weder Stroh noch Hühnerfutter gegessen, aber sie stellte sich vor, dass es ähnlich schmeckte.

»Und dass du ja alles aufisst«, ermahnte die Mutter sie.

Sie hatte es versprochen. Also aß sie alles mit Todesverachtung und tröstete sich nur damit, dass sie bald frei, mutig und stark sein würde. Jeden Tag tröstete sie sich damit, so lange, bis die Packung leer war. Dann stellte sie erstaunt fest, dass Tom sie noch immer im Zweikampf besiegte, dass sie sich noch immer am liebsten in ein Präriemauseloch verkriechen wollte, wenn sie von fern einen wilden Büffel sah, und fliegen konnte sie auch nicht.

»Na, Lizzy«, fragte die Mutter. »Soll ich eine neue Packung besorgen?«

Da meinte Lizzy großzügig: »Besser nicht. Sie ist ja ziemlich teuer und Pa sagte kürzlich, wir müssten sparen.«

Und wenn sie bei den »Neuesten Nachrichten aus dem Wilden Westen« an die Seite mit der Anzeige für Blondy Blondinskys Frühstücksflocken kam, blätterte sie schnell weiter, weil sie dann immer noch diesen Geschmack auf der Zunge verspürte.

Kieselsteinfieber

Damals, als die Indianer noch wild und frei durch Amerika wandern konnten, lebte am Ufer des Elchflusses einmal ein Mann mit dem Namen John Miller. Weil er ziemlich groß war, nannten ihn die meisten Leute nur »Long John«. Bei den Indianern hieß er der »Tabakstinker«, weil er ständig Tabak kaute. Peggy und Tom, zwei Kinder aus einer Siedlung, waren seine einzigen Freunde.

Warum gibt es hier keine Indianer mehr?«, fragte Peggy eines Tages den Tabakstinker. Sie hockte mit ihm und Tom vor dem kleinen Blockhaus, trank Himbeersaft und weil sie keine Gläser hatten, ging die Flasche immer reihum.

»Weil irgendjemand am Elchfluss Gold gefunden hat«, antwortete Long John.

»Was hat das denn mit den Indianern zu tun?«

»Die Leute, die flussaufwärts zogen und die Ufer durchwühlten, vertrieben das Wild. Weil die Indianer aber ohne Wild hungern müssen, versuchten sie die Goldsucher wieder wegzujagen. Da baten diese den großen weißen Vater in Washington um Hilfe und die Regierung schickte viele Soldaten mit Kanonen und befahl ihnen die Indianer zu vertreiben.«

»Warum suchten denn die Indianer kein Gold?«, bohrte Peggy weiter.

»Weil es ihnen nichts bedeutete.«

»Und warum waren die Weißen so scharf darauf?«

»Das weiß ich auch nicht so genau. Jedenfalls zahlen die Banken viel dafür. Die Banken zahlen aber nur viel für etwas, wenn sie noch viel mehr dafür bekommen, wenn sie es weiterverkaufen. Aber vielleicht waren die Leute so verrückt nach dem Gold, weil die Suche danach ziemlich schwierig ist und man es nur selten findet. Es war immer schon so, dass alles, was selten vorkommt, besonders begehrt ist.«

»Ach«, rief Peggy da auf einmal, »jetzt verstehe ich auch, was der Vater meinte, als er kürzlich zu meiner Mutter sagte: Wenn er noch einmal jung wäre, würde er auf Goldsuche gehen. Das sei doch noch ein richtiges Abenteuer, bei dem man nebenbei reich werden könne.«

»So denken die meisten Menschen«, sagte der Tabakstinker.

»Du etwa nicht?«, fragte Tom.

»Nein.« Long John nahm einen tiefen Schluck aus der Himbeersaftflasche. »Nein, nicht mehr!«

»Warum nicht?«

»Weil ich gemerkt habe, dass es völlig egal ist, was man sucht, ob bunte Elchfluss-Kieselsteine, abgeworfene Hirschstangen, Schneckenhäuser, Pilze oder Gold. Die Suche ist das Spannende daran. Wenn Goldkörner überall auf der Straße herumlägen, würde sich sicher niemand nach ihnen bücken. Nur weil man sie so schwer findet, sind die Leute so gierig nach ihnen.«

Die Kinder schwiegen eine Weile und dachten darüber nach.

»Aber Elchfluss-Kieselsteine liegen doch auch in Massen am Ufer herum«, sagte Peggy.

»Ja, wenn du irgendwelche meinst, hast du Recht. Aber wenn du nur solche suchst, in die die Strömung ein Loch gewaschen hat, damit du sie auffädeln kannst, dann wird es schon spannender.«

»Du meinst also, dass die Suche nach so einem durchlöcherten Kieselstein genauso aufregend sein kann wie die nach Gold?«, rief Tom.

»Genau das«, bestätigte der Tabakstinker.

»Warum fangen wir dann nicht gleich damit an?« Wenn bei Tom etwas nach Abenteuer roch, war er gleich Feuer und Flamme.

»Also gut.« Ächzend erhob sich Long John. Er hatte an diesem Nachmittag eigentlich vorgehabt den Stall auszumisten, aber wenn die Kinder unbedingt Kieselsteine suchen wollten, dann ging das eben vor. Also machten die drei sich auf und liefen zum Elchfluss hinunter.

»Nur kleine Steine«, rief Peggy Tom zu, der schon eifrig mit einem Stock im Kies herumstocherte. »Und durchlöchert müssen sie sein. Ich mache mir dann eine Kette daraus und hänge sie mir um den Hals.«

Der Tabakstinker fand den ersten. Er war zartrosa, so wie der Schal, den Peggys Mutter am Sonntag umlegte, wenn sie in die Kirche ging. Peggy freute sich sehr.

Sie bewegten sich langsam flussaufwärts, stocherten in den Kiesbänken herum, bückten sich, hoben einen Stein auf und warfen ihn wieder weg, sahen sich suchend um und bückten sich abermals.

Dem Sheriff, der mit ein paar anderen Männern gerade auf Entenjagd war und die drei beobachtete, erschien dieses Verhalten unerklärlich und geheimnisvoll. Er hielt es deshalb für angebracht, sofort nachzufragen, nach was da gesucht wurde und ob das Gesuchte vielleicht so wertvoll sei, dass man es für den Staat beschlagnahmen müsse.

»Gibt's da etwa Gold?«, fragte er den Tabakstinker.

»Beim heiligen Elch und seiner Frau – nein«, antwortete Long John lachend. »Wir suchen Elchfluss-Kiesel, die von der Strömung durchlöchert worden sind. Peggy will sich eine Kette daraus machen.«

»So ein Blödsinn!«, sagte der Sheriff kopfschüttelnd. »Die liegen doch in Massen hier herum.«

»Wo denn, wo denn!«, schrie Peggy aufgeregt.

»Na hier.« Der Sheriff hob einen Stein hoch, aber er hatte kein Loch. »Dann aber dort.« Auch das war ein ganz gewöhnlicher Kieselstein. »Da hinten liegt einer.« Dieser Stein hatte zwar ein Loch, aber er war viel zu groß.

Und als die Männer auf einmal erkannten, dass es solche von der Strömung durchlöcherten kleinen Steine nur selten gab, fingen sie alle wie wild zu suchen an.

»Jetzt haben sie das Elchfluss-Kieselsteinfieber«, murmelte der Tabakstinker in seinen Bart und zog sich den Schlapphut tiefer ins Gesicht, damit niemand sehen konnte, dass er lachen musste.

An diesem Abend lebten ein paar Enten mehr, weil die Männer keine Zeit gefunden hatten sie zu schießen. Und Peggy besaß drei schöne pastellfarbene Kieselsteine mit einem Loch in der Mitte. Sie fädelte sie auf und hängte sich die Kette um den Hals, als sie am Sonntag in die Kirche ging.

Doch als ihr Vater das nächste Mal zu ihrer Mutter sagte, wenn er jünger wäre, würde er auf Goldsuche gehen, weil das so abenteuerlich sei, erklärte ihm Peggy: »Elchfluss-Kiesel tun es auch.«

2 + 2 = 5

Seitdem in Elk City eine Schule gebaut worden war und eine richtige Lehrerin die Kinder unterrichtete, kamen Tom und Peggy nicht mehr so oft zu dem einsamen Blockhaus im Tal der Indianerfrau. Miss Kathy verlangte nämlich von ihren Schülern, dass sie jeden Tag in die Schule kamen, und sie nahm keine Rücksicht darauf, dass Tom es hasste, viele Stunden hintereinander ruhig auf einem Stuhl sitzen zu müssen. Er fand die Schule außerdem schrecklich mühsam, denn mit den Buchstaben stand er auf Kriegsfuß und mit den Zahlen auch.

»Es ist aber wichtig«, sagte der Tabakstinker zu ihm, als Tom wieder einmal zusammen mit seiner Freundin Peggy ins Tal der Indianerfrau gekommen war.

»Was ist wichtig?«, fragte der Junge.

»Dass du dich mit Zahlen auskennst. Sonst können dich die Leute nämlich sehr leicht übers Ohr hauen.«

»Mich haut niemand übers Ohr, ohne dass ich zurückhaue«, widersprach Tom.

»Ich meine das ja auch nur bildlich«, erklärte ihm Long John. »Wenn du zum Beispiel nicht weißt, dass zwei und zwei fünf ergibt, verlangt der Kaufmann plötzlich sieben Dollar für deine Einkäufe, obwohl du ihm nur fünf schuldig bist.«

»Aber das stimmt doch gar nicht«, rief Peggy.

»Natürlich stimmt das nicht«, pflichtete der Tabakstinker ihr bei. »Genau das versuche ich Tom ja gerade zu erklären.«

»Ich meine, es stimmt nicht, dass zwei und zwei fünf ist!«

»Also jetzt redest du schon genau wie die Lehrerin«, sagte der Tabakstinker kopfschüttelnd und blinzelte ihr zu. »Und dabei bist du doch Peggy, Toms Freundin.«

Tom, der verwundert zugehört hatte, schöpfte nun Verdacht. »Was stimmt nicht?«, fragte er. »Ist nun zwei und zwei fünf oder sieben?«

»Das fragst du am besten Miss Kathy«, sagte Long John. »Sie ist Fachmann auf diesem Gebiet.«

Doch Tom hütete sich davor, Miss Kathy zu fragen. Einmal, weil er sich schämte, und zum anderen, weil er nicht wollte, dass sie erfuhr, wie unwissend er war.

Trotzdem wurde er den Verdacht nicht los, dass Peggy und der Tabakstinker ihn hereingelegt hatten und hereinlegen ließ er sich nur ungern. Er sah ein, dass Rechnen doch nützlich sein musste, und so beschloss er ein wenig stöhnend, sich ein bisschen mehr mit den Zahlen zu befassen. Aber mit Buchstaben wollte er immer noch nichts zu tun haben.

Eines Tages brachte der Briefträger einen Brief für ihn.

»Ist der wirklich für mich?«, fragte Tom erstaunt.

»Für wen sollte er sonst sein?«, fragte der Briefträger. »Auf dem Umschlag steht: ›Für Tom, den kleinen Bruder von Piet und den Freund von Peggy‹.«

Natürlich war Tom neugierig und wollte gerne wissen, was in dem Brief stand. Deshalb ging er zuerst zu Peggy. »Lies mir doch bitte mal schnell vor, was da steht!«, bat er sie.

Peggy las den Brief zuerst leise, dann kicherte sie los.

»Also nun red schon! Um was geht's denn?«, sagte Tom ungeduldig.

Doch Peggy brachte vor lauter Lachen kein Wort heraus. Da entriss ihr Tom den Brief und rannte zu seinem Vater.

»Lies mir bitte mal schnell den Brief vor!«, sagte er.

Doch auch sein Vater lächelte geheimnisvoll, nachdem er den Inhalt überflogen hatte, und sagte kein Wort.

Die Mutter erklärte Tom, dass der Brief nur für ihn bestimmt sei und er ihn deshalb selbst lesen müsse, und Piet, sein Bruder, lehnte es ebenfalls ab, ihn über den Inhalt aufzuklären. So langsam wurde Tom immer neugieriger und er fing an sich zu ärgern, dass er die Buchstaben nicht auseinander halten konnte.

»Irgendjemand in Elk City muss sich doch finden, der mir sagt, was da drinsteht!«, schrie er schließlich wütend und stampfte mit dem Fuß auf. Er brachte das Schreiben dem Sheriff, dem Saloonbesitzer und allen anderen, die er gerade in ihren Häusern oder auf der Straße antraf. Doch alle lasen, grinsten und suchten dann nach irgendwelchen Ausreden. Ganz zum Schluss, als er beinahe aufgegeben hatte und der Brief schon ziemlich zerfetzt war, fiel Tom Miss Kathy, die Lehrerin, ein. Und da ihm inzwischen alles egal geworden war und er nur jemanden suchte, der ihm endlich den Brief vorlas, ging er zu ihr und bat sie darum.

Miss Kathy setzte ihre Brille auf die Nase und las: »Lieber Tom! Ich weiß, dass du Buchstaben nicht ausstehen kannst, was mir sehr Leid tut. Trotzdem glaube ich, dass du gern erfahren würdest, was in dem Brief steht. Also muss ihn dir jemand vorlesen. Versuch es zuerst bei Peggy! Sie hat ein gutes Herz und ist auch gut in der Schule. Falls sie sich weigern sollte, geh zu deinem Vater, zu Piet und allen anderen Bürgern von Elk City, die lesen können! Doch wenn sie so klug sind, wie ich annehme, dann lesen sie dir den Brief nicht vor, sondern tun so, als ob ein großes Geheimnis darin stände. Vermutlich wird dir zuletzt Miss Kathy einfallen. Sie wird dir diesen Brief sicher vorlesen. Mach dir nichts draus, wenn ein paar Leute über diese Geschichte lachen! Es war dein eigener Entschluss, nicht lesen lernen zu wollen, und ein Mann steht immer zu seinen Entschlüssen. Komme, was da wolle!

Es grüßt dich herzlich und hofft, dich bald wieder im Tal der Indianerfrau zu sehen – dein alter Freund Long John Miller, genannt der Tabakstinker.

PS: Viele Grüße auch von Sonnenauge an Peggy und dich. Und nichts für ungut.«

Da hätte sich Tom am liebsten vor Zorn jedes Haar einzeln ausgerissen. Er schwor tausend heilige Eide, dass er so schnell wie möglich lesen lernen wollte, und weitere tausend, dass er den Tabakstinker nie mehr besuchen würde.

Doch diese letzten tausend Schwüre brach er bereits nach drei Tagen.

Der Entengott

Den Tabakstinker freute es, wenn Leute kamen, die ihn um Rat fragten. Im Laufe seines Lebens hatte er so viele Erfahrungen gesammelt, dass er die Menschen oft nur ansehen musste, um zu wissen, was ihnen fehlte. Manchmal verschrieb er ihnen Tee, manchmal heiße Umschläge, und manchmal sagte er auch bloß: »Iss nicht so viel« oder »Geh öfter am Saloon vorbei anstatt hinein!« Doch ab und zu kam es vor, dass er die elchflussindianischen Götter zu Hilfe rufen musste.

So ein Fall war Buck Johnson. Buck kam eines Tages angeritten, weil er dringend Long Johns Rat brauchte. Er war ein großer, kräftiger Kerl mit einem gutmütigen Gesicht und Händen so groß wie die Pranken eines Pumas.

»Ich weiß nicht, wie ich es anfangen soll«, sagte er bekümmert, »aber seit einiger Zeit schaut mich die hübsche Sue nicht mehr an und dabei weiß sie doch genau, dass ich ernsthafte Absichten habe.«

»Komm erst einmal herein«, forderte ihn der Tabakstinker auf. »Und versuche meinen frischen Brombeerschnaps! Dann können wir besser überlegen.«

Das ließ sich Buck Johnson nicht zweimal sagen. Aus einem Schnäpschen wurden zwei, dann drei und während er trank, erzählte er Long John von seinem Kummer. Wie schön Sue sei, wie sehr er sie liebte und deshalb auch mit Piet um sie gekämpft habe. Nachdem Piet ihn besiegt hatte, war das Mädchen voller Mitleid mit Buck gewesen und er hatte berechtigte Hoffnungen gehabt, dass sie bald heiraten würden. Doch plötzlich war alles anders geworden. Jedes Mal, wenn er in Sues Nähe kam, wandte sie sich naserümpfend von ihm ab. Kein Wort redete sie mehr mit ihm und neulich hatte sie sogar hinter der vorgehaltenen Hand mit einer Freundin über ihn gekichert. Und das alles geschah ausgerechnet jetzt, wo er doch seine Farm ausgebaut und seine Schafherde um das Doppelte vergrößert hatte.

»Ja, das riecht man«, brummte der Tabakstinker, der ihm gerade sein viertes Gläschen Brombeerschnaps eingoss. Aber Buck war so mit sich selbst beschäftigt, dass er es überhörte.

»Wann wirst du das nächste Mal mit der schönen Sue zusammentreffen?«, fragte ihn Long John etwas lauter.

»Beim Kirchgang am Sonntag und dann vielleicht am Abend beim Tanzen.«

»Gut.« Der Tabakstinker nickte zufrieden. »Wenn du dich genau an meine Anweisungen hältst, kann ich dir vielleicht helfen.«

»Oh, wirklich?«, rief Buck begeistert. »Wenn du das fertig bringst, schenke ich dir die Wolle von einem halben Dutzend Schafen.«

»Beim heiligen Elch und seiner Frau!«, sagte Long John entsetzt. »Die Wolle von einem Schaf genügt mir, das Geld, das du für die anderen bekommst, brauchst du ja dann für die Hochzeit.«

»Also, was soll ich tun?«, fragte Buck ungeduldig.

»Ich glaube, dir kann nur noch der Entengott helfen«, erklärte Long John.

»Der was?«

»Der Gott der Enten«, wiederholte der Tabakstinker geduldig.

Buck Johnson sah ihn verwundert an. »Soll ich ihm etwa ein Opfer bringen?«, fragte er.

»Nein, nein. Du brauchst ihn nur so anzubeten, wie es die Elchflussindianer tun. Die machen es wie die Enten, und zwar jeden Morgen und jeden Abend.«

»Und wie geht das?«

»Komm mit, ich will es dir zeigen!«

Long John führte ihn zum Elchfluss hinunter in eine kleine schilfbewachsene Bucht. Dort hockten sie sich hin und beobachteten ein Entenpärchen.

»So wie die musst du es machen!«, flüsterte der Tabakstinker Buck ins Ohr. »Das ist ihre Art zum Entengott zu beten.«

Die Enten schwammen im Kreis herum, tauchten und schlugen mit den Flügeln ins Wasser, dass es nur so spritzte. Dann wuschen sie mit ihren Schnäbeln jede einzelne Feder und strichen sie wieder glatt, rieben hier und zupften dort, tauchten abermals und ließen sich das Wasser über den Rücken schwappen.

»Und dieses Gebet soll Sue dazu bringen, wieder mit mir zu reden?«, fragte Buck verwundert.

»Je eifriger du den Entengott darum bittest, umso eher wird sie es tun«, erklärte ihm der Tabakstinker.

»Gut«, sagte Buck. »Dann will ich gleich damit anfangen. Am Tag meiner Hochzeit kannst du dir dann die Wolle bei mir abholen.«

»Das will ich gern tun«, versprach ihm Long John.

Ab sofort ging Buck Johnson jeden Morgen, jeden Abend, bei jedem Wetter zum Elchfluss und betete zum Entengott. Er zog seine Kleider aus, sprang ins Wasser, tauchte unter, schlug mit den Armen um sich, dass es nur so spritzte, wusch sich die Haare und rieb sich mit den Händen ab, da er ja keinen Schnabel hatte, mit dem er das tun konnte.

Und wirklich, als er am nächsten Sonntag der schönen Sue vor der Kirchentüre begegnete, wich sie nicht mehr vor ihm zurück, sondern lächelte ihn an. Am Abend tanzte sie mit ihm und ein paar Wochen später konnte sich der Tabakstinker an ihrem Hochzeitstag seine Wolle abholen.

»Danke«, sagte Buck Johnson zu ihm. »Der Entengott hat mein Gebet erhört.«

Und dafür gesorgt, dass du dich ordentlich wäschst, dachte Long John. Laut sagte er: »Erinnere dich nur immer daran, falls du wieder in ähnliche Schwierigkeiten kommen solltest!«

Buck Johnson versprach es ihm hoch und heilig.

Büffelmann und Adlerkönig

Weit hinten in der Prärie, am Fuß der grünen Hügel, lebte einst ein Indianer. Er hieß Adlerkönig und er war sehr stolz auf diesen Namen. Sechs Tage in der Woche ging er auf die Jagd. Wenn aber die Sonne zum siebenten Mal hinter den Bergen auftauchte, legte er seinen schönsten Adlerfedernschmuck an, steckte seine Friedenspfeife ein und wanderte hügelwärts.

Dort, in den Hügeln, wohnte ein weißer Jäger. Vor langer Zeit hatte er einmal einen Büffel erlegt. Seitdem nannte er sich Büffelmann. Sechs Tage in der Woche ging er auf die Jagd. Am siebenten Tag fegte er seine Hütte sauber, schürte das Feuer und wartete auf Adlerkönig, der sein Freund war.

Wenn der Indianer eingetroffen war, begrüßten sie sich herzlich, wie es unter Freunden üblich ist. Dann hockten sie sich vor das Feuer und aßen gemeinsam, was Büffelmann zubereitet hatte. Manchmal sangen sie auch oder rauchten die Friedenspfeife. Dabei erzählten sie sich viele unglaubliche Geschichten, die vom fliegenden Bären zum Beispiel oder jene vom Fuchs mit dem grünen Fell. Das ging schon viele Jahre so und keiner konnte sich erinnern, wann es begonnen hatte. Ihre Freundschaft wurde stark und groß wie der Baum hinter Büffelmanns Hütte.

Eines Tages saßen sie wieder einmal vor dem Feuer. Und weil sie beide müde waren, schliefen sie ein.

»Ich träumte von einem Pferd«, erzählte Adlerkönig, nachdem sie wieder aufgewacht waren. »Es war so rot wie die untergehende Sonne und so schnell wie der Wind. Ich ritt mit ihm auf die Jagd. Das war sehr schön. Und was hast du geträumt, Bruder?«

»Auch ich sah ein feuerrotes Pferd im Traum«, antwortete Büffelmann. »Es war zäh und stark wie ein Berglöwe und es sprang mit mir über Bäche und Felsen.«

»Komm«, schlug Adlerkönig vor, »lass uns das rote Pferd suchen!«

Und so rüsteten sie sich und suchten es. Sie stiegen auf die Hügel und durchstreiften den Wald. Sie schauten hinter jeden Strauch, unter jede Baumwurzel und in jede Höhle. Sie durchquerten tiefe Schluchten und wanderten über die weite Prärie. Und dort entdeckten sie das Pferd. Sein Fell war wirklich so rot wie die untergehende Sonne und die Erde dröhnte unter seinen Hufen, als es, schnell wie der Wind, an ihnen vorbeijagte.

»Da ist mein Pferd!«, riefen Büffelmann und Adlerkönig gleichzeitig. Sie schauten sich an. Langsam wurden ihre Mienen finster.

»Es ist mein Pferd!«, sagte der Indianer.

»Nein«, erwiderte Büffelmann, »es ist meines! Ich habe es deutlich im Traum gesehen.«

»Aber ich habe es doch auch im Traum gesehen. Es gehört mir.«

Adlerkönig wurde böse auf Büffelmann und Büffelmann wurde böse auf Adlerkönig. Sie stritten eine Weile miteinander, dann drehten sie sich um und gingen in verschiedene Richtungen davon.

Büffelmann beschloss das Pferd zu fangen. Er steckte sich etwas zum Essen ein und machte sich an die Verfolgung. Er jagte es einen und noch einen Tag. Aber das Pferd lief schnell, viel schneller, als ein weißer Jäger laufen kann. Am dritten Tag bekam es Hunger. An einer Stelle, wo besonders schönes junges Gras wuchs, vergaß es das Laufen und begann zu fressen.

Büffelmann hatte es beinahe eingeholt. Es fehlten nur noch ein paar kleine leise Schritte. Da stolperte er über einen Stein und fiel hin. Das Pferd erschrak und lief weg.

Auch Adlerkönig hatte beschlossen das Pferd zu fangen. Als er sah, dass es hügelwärts flüchtete, nahm er sofort die Verfolgung auf. Er rannte, so schnell er konnte, hinter dem Pferd den Berg hinauf. Er quälte sich durch Dornengestrüpp und über große Steine. Plötzlich kamen sie an einen reißenden Bergbach.

»Jippie«, frohlockte Adlerkönig, »jetzt habe ich dich, rotes Pferd!«

Aber das Pferd war nicht nur schnell wie der Wind, sondern auch stark wie ein Berglöwe. Es duckte sich ein bisschen und sprang dann mit einem riesigen Satz an das andere Ufer.

Adlerkönig versuchte dasselbe. Ein Indianer ist aber kein Pferd und wenn er auch sehr klug ist, so hat er doch nur zwei Beine. Adlerkönig rutschte aus und fiel ins Wasser. Das war schlimm und ging gegen seine Ehre. Bis er mühsam wieder an Land kriechen konnte, war das Pferd längst über alle Berge.

So hatten weder Büffelmann noch Adlerkönig das rote Pferd fangen können. Beschämt schlichen sie heim: Büffelmann von der Prärie zurück in die Berge und Adlerkönig von den Bergen in die Prärie. Auf halbem Weg begegneten sie sich.

»Hast du das Pferd gefangen, Bruder?«, fragte der Indianer.

»Nein. Aber wenn mir jemand geholfen hätte, hätte ich eine Falle gebaut«, antwortete Büffelmann.

»Und wenn mir jemand geholfen hätte«, meinte Adlerkönig, »hätte ich es überlistet.«

Überrascht schauten sie sich an. Langsam hellten sich ihre Mienen auf und sie beschlossen zuerst eine Falle zu bauen und dann das Pferd zu überlisten, damit es in die Falle lief.

Büffelmann fällte Bäume. Adlerkönig hieb die Äste ab und zersägte die Stämme. Büffelmann schlug Pfosten in die Erde. Adlerkönig verband sie miteinander durch Zweige, bis ein dichter Zaun entstanden war. Büffelmann verknotete das Ende einer Schnur am Tor der Einfriedung und legte sich mit dem anderen Ende in der

Hand hinter einem Busch auf die Lauer. Adlerkönig kletterte auf einen Baum und schaute nach dem Pferd aus. Es graste friedlich hinter einer kleinen Bodenerhebung.

Jetzt schnitt Adlerkönig Zweige von den Bäumen und behängte sich damit, bis er aussah wie ein wandelnder Strauch. So schlich er sich an das Pferd heran und hockte sich nieder. Er holte tief Luft und wieherte. Indianer können das.

Das Pferd hörte das Wiehern und dachte, da wäre noch ein Pferd, und weil es neugierig war, tat es ein paar Schritte auf Adlerkönig zu. Langsamer als eine Schnecke kriechen kann, bewegte sich der Indianer rückwärts. Immer noch ein Stückchen und noch eines. Ab und zu wieherte er. Und allmählich kamen sie so zur Einfriedung. Adlerkönig immer voraus und das Pferd hinterher, bis sie drin waren.

Jetzt zog Büffelmann an der Schnur. Das Tor fiel zu. Die Jagd war zu Ende. Büffelmann und Adlerkönig tanzten und sangen drei Tage lang. Mit großer Geduld zähmten sie gemeinsam ihr Pferd.

Nach einer Woche fraß es ihnen aus der Hand, nach zwei Wochen ließ es sich führen. Nach vier Wochen konnten sie es reiten und nach acht Wochen kam es, wenn sie es riefen. Sie ließen es aus der Einfriedung heraus und es lief nicht mehr weg. Der Indianer holte sein Zelt und baute es gleich neben Büffelmanns Hütte unter dem alten Baum auf. So waren sie beide zufrieden. Einmal ritt Büffelmann mit dem Pferd auf die Jagd und ein anderes Mal Adlerkönig.

An jedem siebenten Tag aber fegte Büffelmann die Hütte sauber und schürte das Feuer, während der Indianer seinen schönsten Adlerfederschmuck anlegte. Sie putzten miteinander das Pferd, bis sein Fell spiegelblank war. Dann sangen sie oder rauchten die Friedenspfeife. Und dabei erzählten sie sich viele unglaubliche Geschichten, die vom fliegenden Bären zum Beispiel oder jene vom Fuchs mit dem grünen Fell. Ganz zum Schluss aber erinnerten sie sich gegenseitig daran, wie sie gemeinsam das rote

Pferd gefangen hatten, obwohl es so schnell wie der Wind und so stark wie ein Berglöwe war. Sie erinnerten sich daran, wie sie es überlistet und wie sie es gezähmt hatten. Und darüber freuten sie sich am meisten, denn das war keine unglaubliche, das war eine wahre Geschichte.

Vom Jungen mit der Bambusflöte

An einem der großen Flüsse, die den Urwald durchqueren, lebte einmal ein Indianerjunge. Er hauste mit seinen Eltern und Geschwistern in einem aus Bambusstangen erbauten Haus, das sein Vater auf hohen Pfählen errichtet hatte. So blieb es während der Regenzeit, wenn der Fluss das Land überschwemmte, trocken.

Tagsüber spielte der Junge mit seinen Freunden. Dann schnitzten sie sich oft kleine Bambusflöten und spielten darauf. Manchmal begleitete er auch seinen Vater, wenn er mit seinem Einbaum zum Fischen fuhr. Und wenn es Zeit war schlafen zu gehen, legte er sich in seine Hängematte und hörte den Vögeln und Fröschen zu, die mit dem Einbruch der Nacht ihre Stimmen erhoben. Die Familie des Jungen besaß nur wenig Land, auf dem sie Reis und Gemüse anbaute. Doch viele Überschwemmungen laugten den Boden aus, schwemmten ihn fort oder ließen ihn unfruchtbar werden. Und da sein Vater kein Geld hatte, um teuren Dünger zu kaufen, beschloss er mit seiner Familie in die Stadt zu ziehen, um dort eine Arbeit zu suchen.

Als der Junge von allem, was ihm lieb war, Abschied nehmen musste, ging er auch zu seiner Großmutter, die bei einem Onkel lebte. Diese Großmutter war eine alte Indianerin. »Bewahre alles, was du hier gesehen und gehört hast, in deinen Gedanken und erinnere dich daran, wenn es dir schlecht geht!«, riet sie ihm, als sie sah, wie schwer ihm der Abschied fiel. »Denk an die Grillen, die Vögel, die Frösche, das Summen der Bienen, das Gluckern des Wassers, das Geräusch der fallenden Blätter und das Wispern des Windes in den Wipfeln der Bäume. Erzähle den Menschen davon, aber lass dich niemals missbrauchen!« Der Junge versprach es ihr. Das Einzige, das er mitnahm, war seine Bambusflöte.

In der Stadt war viel Neues zu sehen: wolkenhohe Häuser, Kästen, in denen bewegte Bilder flimmerten, unendlich viele Autos und Menschen und Schalter, die man nur umdrehen musste, um es hell werden zu lassen. All das verwunderte und erschreckte ihn sehr. Zuerst hielt er vieles für Spuk und Zauberei, doch bald gewöhnte er sich daran. Er fand es aufregend und schön und eigentlich wäre er ganz zufrieden gewesen, wenn er seine Hängematte nicht so sehr vermisst hätte, in der er immer den Stimmen des Waldes zuhören konnte.

Schon bald musste der Vater des Jungen erkennen, dass es nicht so leicht war, in der Stadt Arbeit zu finden. Ohne Arbeit bekam er kein Geld und ohne Geld konnte er nichts zu essen kaufen. Daher ging es ihm und seiner Familie schon bald sehr schlecht. Oft mussten sie sich am Abend hungrig ins Bett legen. Je schlechter es ihnen ging, umso mehr dachte der Junge an den Fluss, an das Haus auf Pfählen, die Hängematte und den Wald.

Manchmal nahm er seine Bambusflöte heraus und versuchte auf ihr die Stimmen der Vögel nachzuahmen. Zuerst klang es nur wie das Krächzen der Papageien. Doch mit der Zeit gelang es ihm auch, die Triller der Glanzvögel nachzuahmen, unterbrochen vom Rufen der Waldtaube und begleitet vom Quaken der Frösche.

Eines Tages schickte ihn seine Mutter zum Betteln, weil sie sich keinen Rat mehr wusste. Doch weil es ihm unangenehm war, jemanden um etwas zu bitten, ohne ihm etwas dafür zurückgeben zu können, hockte er sich nur auf die Stufen einer Kirche, stellte eine leere Konservendose neben sich und begann auf seiner Flöte zu spielen. Schon bald bemerkten die Menschen, die an ihm vorbeieilten, dass sein Spiel sie zu verzaubern schien. Alle Geschäftigkeit fiel von ihnen ab wie Schmutz beim Waschen. Sie wurden ruhig. Viele blieben bei ihm stehen, um ihm zuzuhören, und es kam ihnen so vor, als erzählten ihnen seine Lieder von etwas, das sie von früher her gekannt und schon verloren geglaubt hatten. Die Hand eines Mannes, der einen anderen gerade bestehlen wollte, erlahmte plötzlich. Zwei Taxifahrer, die sich beschimpften, lächelten sich auf einmal an und ein Händler schenkte zwei hungrigen kleinen Mädchen Bananen, weil er auch andere an seinem Wohlbehagen teilhaben lassen wollte. Immer wieder fielen Münzen in die bereitgestellte Dose.

Das sprach sich schnell herum und eines Tages kam ein Zeitungsreporter. Er fotografierte den Jungen mit der Bambusflöte und veröffentlichte das Foto in seiner Zeitung. Da eilten noch mehr Leute herbei und noch mehr und bald auch die Polizei, weil so viele Menschen den Verkehr aufhalten, und weil das gegen die öffentliche Ordnung verstößt. Doch gerade als sie den Jungen mitnehmen wollten, kam ein Mann und sprach mit den Polizisten. Da ließen sie ihn gehen. Der Mann schlug dem Flötenspieler vor, dass er jeden Abend in seiner Bar spielen sollte, weil er hoffte, dass dann mehr Leute als vorher Whisky und Bier bei ihm kaufen würden.

So nahm der Junge die Flöte und ging mit ihm. Er erzählte den Gästen mit seiner Musik die Geschichte vom Wind, der sich in den Wipfeln des Waldes verfängt. Er erzählte ihnen von den Vögeln, den Grillen und den Fröschen und während er spielte, kam es ihnen so vor, als könnten sie den süßen Duft der Orchideen riechen und den modrigen Geruch des feuchten Holzes. Nach einigen Tagen musste die Bar wegen Überfüllung geschlossen werden. Daraufhin mietete der Barbesitzer einen großen Saal, verkaufte Eintrittskarten und ließ den Jungen auf einer Bühne auftreten, wo ihn alle sehen konnten. Und wieder nach einigen Tagen hängte er ein Schild vor die Tür mit den Worten: Für die nächsten vier Wochen ausverkauft. Von weit her kamen die Menschen, um den berühmten Flötenspieler zu hören, denn während sie seinem Spiel lauschten, fiel aller Ärger von ihnen ab und sie wurden ruhig und heiter.

Zu jener Zeit beherrschte eine böse Regierung das Land. Der Präsident und seine Minister waren nämlich nur auf ihr eigenes Wohl bedacht und nicht auf das Wohl des Volkes. Längst war es an der Zeit, eine andere Regierung zu wählen. Doch das ließ der Präsident nicht zu. Eines Tages ordneten die Minister eine Erhöhung des Fahrpreises der städtischen Autobusse an, weil sie für sich mehr Geld haben wollten. Das traf vor allem die Armen, die mit den Bussen zu ihren Arbeitsplätzen fuhren. Doch was blieb ihnen anderes übrig: Sie seufzten und zahlten.

Inzwischen trat der Junge mit der Bambusflöte im Fernsehen auf. Schallplattenfirmen meldeten sich und er verdiente so viel, dass er für seine Familie ein Haus und ein Auto kaufen konnte. Davon, dass die Regierung die Fahrpreise abermals erhöhte, merkte er nichts. Die Armen begannen zu murren. Als es ein drittes Mal geschah, gingen sie auf die Straße. Sie schimpften auf die Regierung und schlugen die Fensterscheiben ein.

»Was ist los?«, fragte der Junge, der gerade von einer längeren Auslandstournee zurückkam. Man sagte ihm, dass eine Revolution ausgebrochen sei.

Die Revolution weitete sich aus und schon bald erfasste sie das ganze Land.

»Nieder mit der Diktatur!«, schrie das Volk. »Stürzt die Regierung!«

Da kamen der Präsident und seine Minister in arge Bedrängnis. Sie fragten ihre Berater, was man dagegen tun könnte und einer von ihnen schlug vor, den Jungen zu engagieren, der mit seiner Bambusflöte in der Lage war die Menschen zu beruhigen und zu verzaubern. Da schickten sie einen Boten zu ihm und engagierten ihn für eine große Fernsehshow. Sie sagten ihm auch, dass er das Volk mit seinem Spiel besänftigen sollte, damit es wieder an seine

Arbeitsplätze zurückkehrte. Viel Geld boten sie ihm dafür und einen Posten in der Regierung. Der Junge fühlte sich geschmeichelt, dass man ihm solche Fähigkeiten zutraute. Er sagte Ja.

Doch in der Nacht davor erschien ihm seine Großmutter im Traum. »Aber lass dich nicht missbrauchen!«, riet sie ihm.

Und der Junge hörte seine eigene Stimme, die sagte: »Ich verspreche es dir.«

So kam es, dass am nächsten Tag Regisseur und Kameramänner vergeblich auf ihn warteten, während das Volk auf die Straße ging und die Regierung stürzte.

Seit jenem Tag hat niemand den Jungen mehr gesehen. Er nahm seine Flöte und verschwand. Wohin, müsst ihr die Grillen fragen. Vielleicht wissen es auch die Frösche am Ufer des Flusses, die Vögel oder der Wind.

Die fröhliche Ballade vom Bauern Li und dem Vogel Yü

Es war einmal ein fernes Land,
als ›China‹ ist es uns bekannt.
Dort lebte, stolzer als ein Pfau,
der Kaiser Wu mit seiner Frau.
Es rannten kreuz und quer in Hast
die Diener stets durch den Palast,
polierten Gold, machten Musik
und flochten Zöpfe mit Geschick.
Sie ließen Bittsteller herein,
schleppten Krüge voller Wein,
servierten dann in großer Zahl
das kaiserliche Mittagsmahl.

So dienten sie ohn' Rast und Ruh
dem hochverehrten Kaiser Wu
und seinem kaiserlichen Weib,
zu deren schönstem Zeitvertreib
das kaiserliche Mahl gehörte,
an dem sie aber etwas störte:
Ob Hühnchen, Nudeln, Kohlsalat,
gebratnes Fleisch, Erbsen, Spinat,
Schafskäse, Rührei, Reis und Fisch

und alles andre auf dem Tisch,
sie mussten's mit den Fingern essen,
das war nicht fein, nicht angemessen
für eines Kaiserhofes Pracht,
nicht würdig kaiserlicher Macht.

Denn wenn sie fertig warn mit essen
– den Rest bekam ihr Hund zu fressen –,
dann war nicht nur die schöne Decke,
die auf dem Tisch lag, voller Flecke,
sondern auch Kleider, Hemden, Hosen
bekleckert mit Tomatensoßen,
was, nirgendwo im ganzen Land,
den Menschen zu Gesichte stand.
Der Kaiserin, die sonst voll Huld,
riss eines Tages die Geduld.
Sie rief: »Der, der mir helfen kann,
den mache ich zum reichen Mann,
zum kaiserlichen Seidenweber,
zum Mandarin, zum Ratschlag-Geber.
Dass man ihm jeden Wunsch erfülle,
das ist mein kaiserlicher Wille!«

So macht sie es dem Volke kund.
Es sprach sich rum, von Mund zu Mund,
dass der erhabne Himmelssohn
dem Manne gäbe hohen Lohn,
der möglichst bald etwas erfände,
das diese Kleckserei beende.
Das kam dem Bauern Li zu Ohren,
er hatte alles grad verloren.
Die kranke Kuh, das letzte Schwein,
sie gingen in der Dürre ein.
Auch seine Frau war lange krank.

Er selber nur noch Wasser trank,
dazu aß er ein Stückchen Brot,
er litt wahrhaftig große Not
und hoffte sehr, etwas zu finden,
um diese Not zu überwinden.

Lang hat er drüber nachgedacht,
nicht nur am Tag, auch bei der Nacht,
wie man die kaiserlichen Soßen
fern halte von den Kaiserhosen.
Doch eines Morgens sah Herr Li
den wunderbaren Vogel Yü.
Yü war ein weißer Silberreiher,
der in dem kleinen Lotosweiher
gleich hinterm Bambuswäldchen stand,
wo ihn der Bauer Li dann fand.

Der Vogel war beim Fischefang,
der ihm ganz meisterhaft gelang.
Flink stieß er ohne Unterlass
den Schnabel in das feuchte Nass
und holte sich die Fische raus.
Das war für ihn ein Festtagsschmaus.
Doch als er satt war, klemmte er
den Fisch – es fiel ihm gar nicht schwer –
in seinem langen Schnabel fest
und trug ihn so zu seinem Nest.

Das brachte unter Bambusranken
Herrn Li auf nützliche Gedanken.
Wie wär's, dacht er, wenn man zwei Stäbe
dem Esser in die Hände gäbe,
mit denen er dann ganz gelassen
das, was er esse, könne fassen,

um es, anstatt es zu verlieren,
mit Glück zum Munde könne führen.
Da lief Herr Li, so schnell er konnte,
zur Stadt, in der der Kaiser wohnte.
Erschöpft erreichte er das Tor,
doch leider ließ man ihn nicht vor.

Da stellte er sich auf die Stufen
und fing dann an ganz laut zu rufen:
»Ich bin der Bauer Li.
Ich sah dem Vogel Yü
beim Fischfang zu in meinem Weiher,
und was ich sah, war ungeheuer,
denn fein und äußerst säuberlich
und ohne, dass er ihm entwich,
klemmt' er den Fisch wie mit zwei Stäben.
Das muss man einmal miterleben!«
So rief Herr Li in großer Hast
draußen am Tor vor dem Palast.

Und wie an jedem Kaiserhofe
war auch hier eine Kammerzofe,
die immer hörte, wusste, sah,
was draußen vor dem Tor geschah.
Sie eilte durch die Gänge hin
und meldet' es der Kaiserin,
die grad im großen Kaisersaal
mit ihrem feinen Herrn Gemahl
am kaiserlichen Tische saß
und mit den Fingern Nudeln aß.

»Der Ba-ba-ba-, der Bauer Li,
der schlaue Vo-vo-vogel Yü–«,
stotterte sie verlegen

dem Kaiserpaar entgegen.
»Die essen jede Schleckerei
ganz ohne Mühe fleckenfrei!
Der Vogel mit dem Schnäbelchen,
der Bauer mit zwei Stäbelchen.
So kommen keine Flecken
auf Kleider und auf Decken.«

Frau Wu war es gleich sonnenklar,
dass dies die wahre Lösung war.
Seitdem verzehrten sie Salat
als auch den Reis, Fisch und Spinat
sowie die heiß geliebten Nudeln,
ohne ihr Tischtuch zu besudeln.
So kam der Bauer Li zu Gold
und wurde dann noch ungewollt
Minister für den Reisanbau
beim Kaiser Wu und seiner Frau.

Seither – das ist ja sehr bekannt –
isst man im fernen Chinaland
mit Stäbchen jegliches Gericht.
Ihr könnt es glauben – oder nicht!

Der Pharao und die Schönheit

Vielleicht wissen nicht alle von euch, dass die ägyptischen Könige sehr mächtig und reich waren. Sie lebten in prächtigen Palästen, ließen sich von einer großen Anzahl Sklaven bedienen, aßen und tranken nur aus goldenen Tellern und Bechern und liebten alles, was schön war. Ihre Macht reichte vom oberen Nil bis zu seiner Mündung und manchmal noch weit bis in die Wüste Sahara hinein.

Weil sie aber Angst davor hatten, dass nach ihrem Tod ihre Seele in Armut und umgeben von Hässlichkeit weiterleben müsse, bauten sie sich noch zu Lebzeiten riesige Grabmäler, in denen sie große Schätze versteckten.

Damals, vor dreitausend Jahren, kam ein noch junger Pharao auf den Thron Ägyptens. Kühn sahen seine Augen in die Ferne. Edel war seine Nase geformt. Er lebte, umgeben von schönen und kostbaren Dingen, in einem riesigen Palast und ließ sich von vielen Sklaven bedienen.

Jeden Morgen überbrachte ihm sein Ratgeber die letzten Neuigkeiten. Dass das nur gute waren, versteht sich von selbst, denn niemals wagte es jemand, ihm schlechte zu überbringen.

So lebte er abgeschieden inmitten von schönen Dingen und das, was draußen geschah, blieb ihm unbekannt.

Eines Tages aber stieg er auf das Dach des Palastes und fütterte die Tauben, die ihn gurrend umringten. Auf einmal beobachtete er eine dunkle Rauchwolke über den Dächern der Stadt.

Und als er den Ratgeber nach der Ursache fragte, kam der ins Stottern und verweigerte seinem Herrn die Antwort darauf. Da beschloss der Pharao es selbst herauszufinden. Er zog das Gewand eines einfachen Bauern an, schlich sich aus dem Palast und mischte sich unters Volk.

So erfuhr er, dass am Rand der Stadt eine große Anzahl von Elendshütten abgebrannt war, weil sich in der Nähe kein Brunnen befand, aus dem man Wasser zum Löschen hätte schöpfen können.

Nach seiner Rückkehr sorgte der Pharao unverzüglich dafür, dass dieser Missstand beseitigt wurde.

Von jenem Tag an machte er es sich zur Gewohnheit, unerkannt durch die Straßen zu gehen und auf das zu hören, was seine Untertanen sprachen. So erfuhr er, über was sie sich beschwerten, was sie fürchteten und was sie freute, und er erkannte schon bald, dass es fast immer in seiner Hand lag, Gesetze zu erlassen, die ihre Not linderten und ihnen die Angst nahmen. Bald rühmte ihn das Volk wegen seiner Güte und gerechten Herrschaft.

Nur eine einzige Schwäche teilte er mit allen, die vor ihm regiert hatten: Er liebte die Schönheit und wollte alles besitzen, was schön war.

Eines Tages beschloss die Göttin Isis der Erde einen Besuch abzustatten.

In den Kleidern eines jungen Mädchens und mit einem Wasserkrug auf dem Kopf ging sie zu einem Brunnen, um Wasser zu schöpfen.

Unterwegs begegnete ihr der Pharao in seinem bäuerlichen Gewand.

Bezaubert von der Anmut der Göttin blieb er stehen und begann ein Gespräch.

»Wie ist dein Name?«, fragte er zuerst.

»Fatima«, antwortete die Göttin lächelnd.

»Du bist schöner als eine Pharaonenprinzessin.«

»Das findest du«, sagte das Mädchen, »aber ob es der Pharao ebenfalls fände, ist eine andere Frage.«

»Der Pharao weiß, was schön ist«, verteidigte sich der als Bauer verkleidete Herrscher. »Schönheit geht ihm über alles.«

»Wie kann er das wissen«, rief das Mädchen lachend und setzte seinen Weg zum Brunnen fort. »Es gibt so viele schöne Dinge, von denen er keine Ahnung hat!«

Darüber ärgerte sich der Pharao. Er kehrte in den Palast zurück und rief sofort seinen Ratgeber zu sich.

»Wenn es etwas Schönes gibt, von dem ich keine Ahnung habe, dann bringe es mir!«, befahl er ihm.

Doch weil der Ratgeber nicht wusste, was das sein könnte, ließ er alle Goldschmiede des Landes zusammenkommen und befahl ihnen eine Halskette zu entwerfen, die schöner sein sollte als der königliche Schmuck.

Und die Goldschmiede kauften Gold ein und Edelsteine, Elfenbein und Korallen und fertigten eine Kette daraus, die schöner und kostbarer war als alles, was der König in dieser Art besaß. Als der Ratgeber dem Pharao den Schmuck übergab, konnte der einen Ausruf der Bewunderung nicht unterdrücken. Er legte sich das Geschmeide um den Hals und betrachtete sich im Spiegel. Doch irgendwie kam es ihm so vor, als passe es nicht zu seinem Gesicht und als wäre es nicht das, was das Mädchen am Brunnen gemeint hatte. Es fehlte ihm die letzte Vollendung.

»Das ist es nicht, was ich haben wollte«, sagte er zu seinem Ratgeber und nahm die Kette wieder ab.

»Was wolltest du dann haben, Herr?«, fragte ihn der Ratgeber erschrocken.

»Das Schönste.«

Da machte sich der Ratgeber von neuem auf die Suche und weil er nichts fand, von dem er annahm, dass es vor den Augen seines Herren Gnade finden würde, ließ er aus den feinsten und edelsten Hölzern eine königliche Barke zimmern. Ihre Ränder waren mit Gold und Elfenbein eingelegt und der Sitzplatz des Pharao stand etwas erhöht, damit man von ihm einen guten Ausblick hätte. Ein kostbar gefertigter Baldachin bot Schatten und ein aus Straußenfedern bestehender Fächer sollte für Kühlung sorgen, falls die Hitze auf dem Fluss allzu unerträglich werden würde. Es war ein Boot, wie man es bisher den Pharaonen nur als kleines Modell mit ins Grab gegeben hatte, damit sie mit ihm über den Himmel ins Reich der Toten fahren könnten.

»Das trifft es schon eher«, lobte der Pharao seinen Ratgeber, als der ihn ans Ufer des Nils führte, wo das Schiff auf den Wellen sanft hin und her schaukelte. »Doch eine innere Stimme sagt mir, dass es noch etwas Schöneres geben muss.«

Nach langem Überlegen rief der getreue Ratgeber dieses Mal den berühmtesten Baumeister des Reiches zu sich. Er gab ihm den Auftrag einen Palast zu bauen, dessen Maße er nach dem Lauf der Sonne ausrichten sollte. Voll Licht und Freude sollte er sein, die Räume des Herrschers sollten goldtapezierte Wände haben, auf denen sein Lebenslauf dargestellt werden müsste. Schon beim Entwurf des Bauplans sollte das oberste Gesetz das Gesetz der Schönheit sein.

Da baute der Baumeister einen Palast, der schon bald nach seiner Fertigstellung als ein Weltwunder galt. Nur der reinste Marmor wurde dazu verwendet, nur das kostbarste Holz, nur Silber und Gold und fein gesponnene Seidenstoffe.

»Das ist das Schönste, das ich je gesehen habe!«, rief der Herrscher voller Freude, als er das Wunderwerk zum ersten Mal betrat.

Nachdem er dort eingezogen war, vergaß er für eine Weile seine Ausflüge in die Stadt. Er genoss das Leben im Palast, ließ sich von kostbar gekleideten Sklaven bedienen und von wunderschönen Sklavinnen den Rücken massieren.

Tagsüber wandelte er von Zimmer zu Zimmer, aus deren Fenstern er den Lauf der Sonne verfolgen konnte, und am Abend lag er auf einem weichen Diwan und ließ sich von Musikanten und Tänzerinnen unterhalten.

Doch schon bald überkam ihn Langeweile und er fühlte sich einsam. Deshalb nahm er seine alte Gewohnheit wieder auf und zog im Gewand eines einfachen Mannes durch die Stadt, um dem Volk zuzuhören. Dabei fiel ihm das Mädchen am Brunnen wieder ein und nachdem er viele Tage lang vergeblich nach ihr Ausschau gehalten hatte, traf er sie schließlich dort, wo er sie das erste Mal getroffen hatte.

»Wo warst du?«, fragte ihn das Mädchen. »Ich habe dich lange nicht gesehen.«

Und weil ihm so schnell keine bessere Ausrede einfiel, entschuldigte er sich damit, dass er beim Bau des neuen Königspalastes geholfen hätte.

Da lachte Isis, denn sie wusste ja, wen sie vor sich hatte.

»Wenn der Pharao annimmt, dass dieser Palast das Schönste sei auf der Welt, dann irrt er sich gewaltig!«

»Aber was ist es dann?«, wollte der verkleidete Herrscher wissen.

»Nun gut, dann komm mit! Aber du wirst dich wundern«, sprach das Mädchen und führte ihn aus der Stadt hinaus und weit in die Wüste hinein.

Es war schon spät am Tag. Die Sonne stand dicht über den weiten Dünen, die sich im Westen bis in die Unendlichkeit ausdehnten. Zwischen ihnen zupften einige Kamele und ein paar Ziegen das spärliche Gras ab. Ein kleiner Hirte spielte auf seiner Flöte, während eine leichte Brise den Schweiß auf der Stirn des Herrschers trocknen ließ.

Schon tauchte die rote Sonnenscheibe in den Dunst des Horizonts, da entdeckte der Pharao eine kleine Bewegung in der Wüstenweite. Es war ein weißes Pferd, das auf den Dünenkämmen entlanggaloppierte, weil es von irgendwoher die Rufe anderer Pferde vernommen hatte. Wie silberne Fäden flatterten die Haare von Schweif und Mähne hinter ihm her und die Anmut seiner Bewegungen übertraf die der besten Tänzerinnen im Königspalast. Den Kopf hielt es hoch erhoben, so, als sauge es mit seinen

Nüstern den Wind in sich hinein und seine Beine schienen kaum den Boden zu berühren. Stumm vor Bewunderung verfolgte der Pharao seinen Galopp.

»Bei allen Göttern!«, stöhnte er dann, als das Pferd hinter den Dünen verschwunden war. »Nie habe ich etwas Schöneres gesehen!« Doch als er sich umdrehte, um sich bei seiner Begleiterin zu bedanken, war diese verschwunden.

»Schönheit ist etwas, das jeder anders sieht und empfindet«, hörte er die Stimme aus der Ferne. »Es kann eine Blume sein, die Spur eines Vogels im Sand oder der Glanz der Wellen bei Sonnenuntergang, ebenso wie dieses galoppierende Pferd. Kostbarkeit spielt dabei keine Rolle. Das Wichtigste ist, dass du die Schönheit erkennst, wenn sie dir begegnet.«

Erst da ging dem Pharao auf, dass das Mädchen die Göttin Isis gewesen sein musste.

Und er baute seinen neuen Palast zu einem Tempel um. Noch lange regierte er sein Volk mit großer Güte. Doch als er starb, schickte ihm die Göttin ihre eigene Himmelsbarke, um seine Seele ins Totenreich zu holen.

Mond und Elefantenzahn

Dort, wo die Steppen am heißesten, die Löwen am stärksten, die Geier am gefräßigsten und die kleinen Gazellen am hübschesten sind, wo der Wind den Staub in der Mittagshitze bis zum Himmel hochwirbelt und die Wasserstellen im Sommer zu kleinen Pfützen verdunsten, lebte einmal ein kleiner Elefant. Solange die Sonne hoch stand und mit ihren gleißenden Strahlen Gras und Dornbüsche verdorren ließ, hielt er sich mit seiner Mutter und seiner Großmutter, seinem Vater, dem Großvater und allen Onkeln und Tanten, Vettern und Basen im schattigen Dickicht auf. Doch gegen Abend, wenn die glutrote Sonnenscheibe hinter den Hügeln versank, zog er mit allen zum nahe liegenden Fluss, um sich dort satt zu trinken und im Wasser zu planschen.

Wenn sich vor grauen Steppenhügeln,
in einem See aus heißer Luft,
uralte Dornbuschbäume spiegeln,
wenn sich der Regenzauberduft
über dem weiten Land ausbreitet,
wenn unter einem Affenbrotbaum
der alte Pavian in seinem Traum
auf einem wilden Löwen reitet,

dann trocknet der warme Steppenwind
das kleine Elefantenkind.

Eines Tages trampelte es aus Versehen durch das Gelege einer Straußenfrau, wobei es ein Ei zerbrach.

»Du dickfelliger Trampel!«, kreischte der riesige Vogel. »Da sieht man's mal wieder ...!«

»Was sieht man?«, fragte das Elefantenkind erschrocken und ziemlich kleinlaut, denn es tat ihm sehr Leid, dass ihm das passiert war.

»Dass ihr Dickhäuter kein Gefühl für andere habt! Immer müsst ihr auf allem herumtrampeln.«

Das traf den kleinen Elefanten sehr, denn er hatte eine besonders empfindsame Seele. Langsam kullerte eine Träne seinen Rüssel hinunter.

»Stimmt das?«, fragte er seine Mutter.

»Was soll stimmen?«, fragte die Elefantin zurück, denn sie hatte nichts mitbekommen von dem Vorfall.

»Dass wir Dickhäuter sind?«

»Was kümmert es dich?«

»Und dass wir deshalb kein Gefühl für andere haben?«

»Ach, Quatsch!«, erwiderte die Mutter entrüstet und bewarf sich weiter mit Sand, denn das war eine ihrer Lieblingsbeschäftigungen.

Doch mit dieser Antwort war der kleine Elefant nicht zufrieden.

Wenn sich vor grauen Steppenhügeln,
in einem See aus heißer Luft,
uralte Dornbuschbäume spiegeln,
wenn sich der Regenzauberduft
über dem weiten Land ausbreitet
und unter einem Affenbrotbaum
der alte Pavian in seinem Traum

immer noch einen Löwen reitet,
da fragte das Elefantenkind
den Steppenwind:
»Stimmt es, dass Elefanten Dickhäuter sind?«

»Aber ja«, erwiderte der Wind schläfrig und wiegte sich im hohen Gras hin und her.

»… und deshalb ohne Gefühl für andere Wesen?«

»Aber nein. Wer behauptet denn das?«

»Die Straußenfrau.«

»Dann lass sie reden. Ich weiß es besser.«

»Erzähl mir, was du weißt!«, bettelte das Elefantenkind.

Während sich vor den Steppenhügeln,
in einem See aus heißer Luft,
uralte Dornbuschbäume spiegeln,
während der Regenzauberduft
sich über dem weiten Land ausbreitet,
während unter dem Affenbrotbaum
der alte Pavian in seinem Traum,
weiter auf seinem Löwen reitet,
erzählte der warme Steppenwind
dem kleinen Elefantenkind:

»In uralten Zeiten konnten sich Sonne und Mond nicht über die Beherrschung des Himmels einigen. Sie jagten einander um die Erde, immer rundherum und rundherum.

Doch die Sonne war stärker und der Mond wurde allmählich müde. Er wurde mager, weil er Angst hatte, dass die Sonne ihn auffressen würde, sobald sie ihn eingeholt hätte. So machte er sich auf die Suche nach einem Versteck. Er fragte zuerst das Wasser, ob es ihm Unterschlupf bieten könnte, aber das Wasser war viel zu eitel. Es war stolz auf seine glasklare Durchsichtigkeit. Darauf wollte es nicht verzichten.

Danach fragte der Mond die Menschen. Aber den Menschen war gleich, was aus dem Mond werden würde.

Anschließend fragte er die Tiere. Er fing bei dem kleinsten Tier an, doch keines konnte ihm helfen.

Zuletzt, als er nur noch eine schmale Sichel war, fragte der Mond den Elefanten. Der Elefant fühlte Mitleid mit ihm. Er dachte kurz nach, packte dann die schmale Mondsichel, brach sie in der Mitte auseinander und steckte sich die beiden Teile rechts und links von seinem Rüssel ins Maul. Und als die Sonne dahergestürmt kam und sich nach dem Mond erkundigte, schüttelte der Elefant nur den Kopf.

›Und was ist das, was da aus deinem Maul herausragt?‹, fragte die Sonne.

›Das sind meine Zähne‹, antwortete der Elefant. ›Was denn sonst?‹

Die Sonne glaubte ihm das und machte sich von neuem an die Verfolgung. Nachdem sie weg war, holte der Elefant die beiden Mondhälften wieder heraus und fügte sie zusammen. So rettete er dem Mond das Leben. Und weil jener schon immer große Zauberkraft besaß, zauberte er dem Elefanten zwei wunderschöne gebogene Zähne, die auch heute noch wie Mondsichelhälften seinen Rüssel einrahmen. Wer aber gute Augen hat, kann immer noch den kleinen Riss im Mond erkennen. Das ist die Stelle, an der ihn der Elefant auseinander gebrochen und wieder zusammengeklebt hat.«

Das erzählte der warme Steppenwind
dem kleinen Elefantenkind,
während sich vor den fernen Hügeln,
in einem See aus heißer Luft,
uralte Dornbuschbäume spiegeln,
während sich Regenzauberduft
über dem weiten Land ausbreitet
und unter dem Affenbrotbaum

der alte Pavian in seinem Traum
immer noch seinen Löwen reitet.

Und dann fügte der Wind noch hinzu: »Und wenn dich nochmals jemand einen dickfelligen Trampel nennt, dann kümmere dich nicht darum, denn der Mond weiß es besser.«

Danach verließ der eilige Wind
das getröstete Elefantenkind.

Warum viele Vögel im Herbst nach Süden fliegen

Damals, in der Zeit vor unserer Zeit, bestanden die Pole der Erde aus fruchtbarem Land. Sonne und Mond teilten den Tag gerecht untereinander auf. In einer Hälfte des Tages zog die Sonne über den Himmel und in der anderen der Mond. Es gab Wald und Wiesen, Seen und Tümpel in Hülle und Fülle und die Tiere lebten in Frieden miteinander. Ein Teil von ihnen suchte am Tag seine Nahrung, ein anderer bei Nacht und die Übrigen während der Dämmerung.

Doch das änderte sich irgendwann. Es begann damit, dass die Tiere des Tages am Abend nicht schlafen gehen wollten, und den Tieren der Nacht gefiel es nicht mehr, dass sich ihr Leben immer nur im Dunkeln abspielte. Deshalb jagten die einen bis spät in die Nacht und die anderen bis spät in den Tag hinein. Kaum eines von ihnen hielt sich mehr an die alte Ordnung. So wurde es vor allem für jene Tiere gefährlich, die gewöhnlich nur während des Tages unterwegs waren und sich von Pflanzen ernährten. Zeternd, knurrend, beißend und hackend, begannen sie sich gegen ihre Verfolger zur Wehr zu setzen. Das bedeutete Streit und von Streit bis zum Krieg war es nur ein kleiner Schritt. Das wusste jeder.

»So geht das nicht weiter«, sagte eines Tages ein alter Elch zu einer Wildgans. »Wir müssen besprechen, wie wir diesen Zwist aus der Welt schaffen. Sonst bringen wir uns noch gegenseitig um.«

Die Wildgans fand den Vorschlag gut, denn Wildgänse sind im Allgemeinen äußerst friedliebende Lebewesen. Sie watschelte flatternd über die Tundra und rief alle Tiere zusammen.

»Treffpunkt auf der Kuppe des großen Mondhügels, während der Abenddämmerung!«, schnatterte sie. »Erzählt es weiter!« Und jeder, der die geschnatterte Botschaft vernahm, erzählte es den anderen weiter: »Treffpunkt auf der Kuppe des großen Mondhügels!«

Am Abend kamen die Tiere zusammen.

»Die alten Tages- und Nachtzeiten haben sich sehr bewährt«, begann der Elch, nachdem er sie begrüßt hatte. »Warum haltet ihr euch nicht an sie?«

»Weil wir es leid sind, immer nur in der Dunkelheit zu leben!«, schimpfte der Vielfraß. »Wir wollen uns auch einmal die Sonne auf den Pelz brennen lassen.«

»Jetzt sind nicht nur der Falke, sondern auch die Eule, der Fuchs und der Wolf am helllichten Tag hinter uns her!«, beschwerten sich die Schneehühner. »Wie sollen wir da unsere Jungen beschützen?« Und einige Vögel beklagten sich, dass es für sie viel zu gefährlich geworden sei, am frühen Morgen auf Futtersuche zu gehen.

Am allerlautesten aber jammerten jene Tiere, die in der Dämmerung unterwegs waren: »Je nach dem Stand der Sonne waren früher außer uns manchmal ein paar Nachttiere und später ein paar Tagtiere unterwegs. Jetzt jagen alle zur gleichen Zeit und einer fällt über den anderen her!«

»Wenn ihr euch nicht einigen könnt, bleibt uns nichts anderes übrig, als Sonne und Mond zu bitten die Tageszeiten zu ändern«, schlug der kluge Elch vor, womit alle sofort einverstanden waren. Die Tiere des Tages wählten die Lerche, die der Nacht die Eule und die der Dämmerung ein Schneehuhn als Botschafterin aus, um ihre Wünsche mit Sonne und Mond zu besprechen. Die drei Vögel machten sich gleich auf den Weg. Drei mal drei Tage später kehrten sie wieder zurück. Wieder versammelten sich die Tiere auf der Kuppe des Mondhügels, um sich von ihnen berichten zu lassen, was Sonne und Mond zu dem Vorschlag des Elches zu sagen gehabt hatten.

»Das Jahr hat bekanntlich zwölf Monate«, begann die Eule.

»Das sind zweimal sechs«, fuhr die Lerche fort.

»Und viermal drei«, gluckste das Schneehuhn.

»Deshalb schlagen sie euch vor, dass im Sommer die Sonne drei Monate allein den Himmel beherrscht«, berichtete die Eule, »und der Mond drei Monate im Winter. Im Frühling und im Herbst könnte es bleiben wie es immer war. Dann kämen auch die Dämmerungstiere zu ihrem Recht.«

»Das klingt gut«, sagte der Elch, »gut und gerecht. Was findet ihr?«

»Ausgezeichnet!« und »So soll es sein!«, schrien die Tiere begeistert. »Dann haben wir genügend Zeit, um Vorräte zu sammeln!«

»Aber Sonne und Mond knüpfen eine Bedingung daran«, trillerte die Lerche.

»Und die wäre?«

»Wenn ihr euch auf ihren Vorschlag einlasst, dann gibt es kein Zurück mehr. Dann bleibt diese Einteilung für alle Zeiten bestehen.«

»Fabelhaft!« und »Einverstanden!«, riefen die Tiere begeistert.

Und so geschah es. Doch leider hatten sie vergessen, dass die

Sonne die Erde erwärmte und ihr Licht die Pflanzen wachsen ließ. Der Mond war dazu nicht in der Lage. Drei Monate Nacht bedeuteten große Kälte, in denen der Boden gefror, die Bäume starben und der Regen sich in Schnee verwandelte. Nur wenige Tiere hielten das aus. Das war der Grund, warum sich die meisten Vögel auf den Weg in den Süden machten, sobald sie spürten, dass die Tage kälter und kürzer wurden. Doch kaum waren sie in ihrem Winterquartier angelangt, bekamen sie Heimweh nach den weiten Hügeln, den Moortümpeln und den vielen Mücken. Sie wollten, dass ihre Küken an jenen Plätzen aufwachsen sollten, an denen sie selbst auf die Welt gekommen waren. Deshalb begaben sie sich gleich wieder auf den Weg nach Norden, sobald sie bemerkten, dass die Tage wieder wärmer und länger wurden.

So ist das auch heute noch.

Die märchenhafte Geschichte vom Bernstein

Vor langer Zeit – bei Allah, es muss vor vielen Millionen Jahren gewesen sein – lebten riesige Tiere auf unserer Erde. Es waren weder Krokodile noch Strauße, weder Löwen noch Elefanten, sondern eine Mischung aus allen, nur viel, viel größer. So groß, dass sie mit ihren Mäulern, Zähnen und Zungen die Kuppelspitzen einer Moschee hätten erreichen können, wenn es so etwas damals schon gegeben hätte. Diese Riesentiere fraßen am liebsten die Blätter von den Bäumen. Deshalb gab es bald keinen Wald mehr, nur noch Steppen und Sümpfe und viele Sträucher.

Allah, dem Allmächtigen, gefiel das nicht, denn er liebte Bäume und vor allem ihren Schatten, in dem er sich so gerne niederließ, um zu träumen. Er überlegte lange, wie er die Riesentiere davon abhalten könnte, immer nur Blätter zu fressen. In einer klaren Mondnacht kam ihm ein guter Gedanke. Er pflückte einfach einen Stern vom Himmel und schleuderte ihn auf die Erde. Der Stern war ziemlich groß und ziemlich schwer, schwerer als alles, was wir kennen. Er stürzte herab und tötete dabei die riesigen Lebewesen. Das hatte Allah nicht gewollt, aber es war zu spät, um noch etwas daran ändern zu können. Er tröstete sich damit, dass von nun an alle Sträucher gedeihen und zu prächtigen Bäumen heranwachsen würden. Und wirklich, die Sträucher und viele andere Pflanzen strebten in die Höhe und waren bald so hoch wie es früher die großen Tiere gewesen waren. Ihre Stämme wurden zehnmal so dick wie die Stämme der Affenbrotbäume. Darüber freute Allah sich sehr.

Damals soll es in den Ländern des Nordens während des Sommers viel wärmer gewesen sein als heute, und im Winter viel kälter. Manchmal fiel Schnee, ein anderes Mal fegte ein heftiger Sturm über das flache Land und zwang die Bäume sich zu biegen. Dadurch entstanden Risse und Spalten, aus denen goldgelbes Harz strömte und auf den Erdboden tropfte. Irgendwann begrub eine Sturmflut einen großen Teil des Nordlands unter sich. Die Bäume versanken im Meer und ihre Stämme zerbrachen. Doch dem Harz konnte das Wasser nichts antun. Es wartete darauf, von den Wellen an den Strand gespült und dort gefunden zu werden.

Ungefähr tausend mal tausend Jahre später entdeckten spielende Kinder geheimnisvolle gelbe Brocken am Strand. Diese Brocken waren leichter als gewöhnliche Kieselsteine und oft durchsichtig. In einigen von ihnen befanden sich winzige Käfer oder Mücken, die von den Harztränen eingeschlossen worden waren.

Die Kinder nahmen ihren Fund mit nach Hause und zeigten ihn ihren Eltern. Da rannten auch die Eltern ans Ufer, suchten, scharrten im Sand, wateten ins Meer hinaus und gaben keine Ruhe, bevor sie nicht auch gelbe Tropfen gefunden hatten. Sie hielten sie für von den Göttern geschickte Zaubersteine, denn sie besaßen drei Eigenschaften, die sie sich nicht erklären konnten. Die erste Eigenschaft war, dass sie brannten, wenn man sie anzündete, die zweite, dass aus den Flammen weißer Rauch aufstieg, der einen betäubenden Duft ausströmte. Diesem Duft maßen die Menschen heilende Kräfte zu. Sie benützten ihn bei der Anrufung der Geister, die sie um Schutz baten, bevor sie auf die Jagd zogen. Die dritte Eigenschaft jedoch war die rätselhafteste: Nachdem man so einen gelben Stein eine Weile gerieben hatte, konnte er kleine Wollfäden in Bewegung setzen und an sich ziehen. Wenn das kein Beweis seiner magischen Kraft war, was dann? Sie nannten die Steine Brennsteine und machten Amulette aus ihnen und glaubten fest daran, dass diese sie nicht nur auf der Jagd und im Kampf, sondern auch vor allen möglichen Krankheiten und bösen Blicken beschützen würden. Etwas später entwarfen sie Ringe, Armreife und Fibeln, mit denen sie sich selbst schmückten oder die sie auf ihre Handelszüge in den Süden mitnahmen, um sie dort gegen andere Dinge einzutauschen. Und weil den Menschen im Landesinneren die gelben Steine sehr gefielen, entdeckten die Nordleute schnell, dass man gute Geschäfte mit ihnen machen konnte. Das geschah vor mindestens so vielen tausend Jahren, wie ich Finger an meinen Händen habe.

Schon bald waren die Harztropfen aus dem Meer auf der ganzen Welt begehrt. Bernsteinstraßen führten von Norden nach Süden und von Westen nach Osten, sogar bis China und Tibet. Überall hielten die Menschen die gelben Bernsteine für Glücksbringer und schätzten sie höher ein als Gold. Mit der Zeit vergaßen sie, auf welche Weise sie zu ihnen gekommen waren. Zum Beispiel glaubten die alten Griechen, Bernsteine seien im Meer erstarrte Sonnenstrahlen, die von der Brandung an die Küste gespült worden seien. Einst nahm ein Mann aus dem Norden eine kleine, mit Bernsteinen gefüllte Kiste mit auf eine lange Reise in den Süden. Es war Rohbernstein, große Tropfen, Bruchstücke von Rinnsalen, denen man noch ansah, dass sie einmal an einem Baumstamm heruntergeronnen sein mussten. Dazwischen befanden sich auch kleine, von der Brandung rund geschliffene Teile. Der Mann hatte sie an der Ostseeküste gekauft und sich dann einer Gruppe von Ordensrittern angeschlossen, die sich auf einen Kreuzzug begaben, um die Stadt Jerusalem von den Arabern zu befreien.

Diese Ordensleute hatten in Venedig einen Segler gefunden, der sie bis Zypern mitnahm, und von dort brachte sie ein anderes Schiff ins Heilige Land. Da aber ein Ritter ohne Pferd kein echter Ritter ist, mussten sie sich erst Pferde kaufen. Deshalb tauschte der Mann aus dem Norden seine Bernsteintruhe auf der Insel Zypern gegen ein Schlachtross ein.

Der neue Besitzer der Truhe war ein Armenier. Er brachte sie auf den Markt nach Aleppo. Dort fand er einen Goldschmied aus Bagdad, der Gefallen an den kostbaren Steinen fand. Er bot dem Armenier einen guten Preis für die Steine und nach einigem Hin und Her wurden die beiden handelseinig. Von Aleppo aus reiste der Goldschmied mit der Truhe bis ans Ufer des großen Euphratstromes, dann auf einem Boot mehrere Tage flussabwärts. Den letzten Teil seiner Reise legte er auf einem Ochsenkarren zurück.

»Gepriesen sei Allah!«, seufzte er erleichtert, als endlich die prächtige Stadt des Kalifen mit ihren Minaretten und den golden schimmernden Kuppeln am Horizont auftauchte, denn es gab viele Wegelagerer damals, die nur darauf warteten, Handelskarawanen zu überfallen.

Sobald sich die beiden Flügel des Stadttors hinter dem Ochsenkarren geschlossen hatten, schickte der dankbare Goldschmied unverzüglich einen Diener mit einem Krug voll Weihrauch zu seiner Lieblingsmoschee.

Wer damals in Bagdad herrschte, ist heute nicht mehr festzustellen ob es die Familie der Omajjaden oder der Sassaniden, der Fatimiden, Almoraviden, Abbasiden oder gar der mächtige Saladin selbst war, wurde nicht bekannt, denn das alles hatte keinen Einfluss auf das weitere Schicksal der wertvollen Steine. Der Goldschmied jedenfalls machte sich gleich an die Arbeit. Er schliff sie zurecht und fasste sie in Silber. Aus einem Teil der Steine stellte er ein prachtvolles Geschmeide her, einen Ring, einen Armreif, ein Ohrgehänge und eine Gürtelschließe. Aus denen, die übrig blieben, machte er Perlen und fädelte sie auf Schnüre, um sie anderswie zu verarbeiten oder weiterzuverkaufen.

Gerade, als er die Arbeit an dem Schmuck beendet hatte, betrat seine Lieblingstochter Aziza die Werkstatt. Als sie das kostbare Halsband, die Gürtelschließe, die Ohrgehänge, den Ring und den Armreif erblickte, jauchzte sie auf vor Entzücken.

»Lass es mich einmal anlegen!«, bat sie ihren Vater. »Nur ein einziges Mal!« Sie betrachtete sich in einem Spiegel und fand, dass ihr der Schmuck gut stand. Da bat und bettelte sie so lange, bis ihr der Goldschmied erlaubte, das Bernsteingeschmeide beim nächsten Freitagsgebet in der Moschee zu tragen. Doch wie ihr vielleicht gehört habt, ist es allgemein üblich, dass strenggläubige Araberinnen nie unverschleiert auf die Straße gehen dürfen. Als Aziza jedoch am Freitagmorgen den kostbaren Schmuck angelegt hatte, warf sie sich ihren dünnsten Schleier über. Sie hob die feine Hand mit dem Ring in die Höhe und schob den Ärmel ihres Gewandes ein wenig zurück, damit alle Gläubigen die schönen Steine bewundern konnten.

Wie es das Schicksal wollte, besuchte zur gleichen Zeit auch der Sohn des Kalifen die Moschee. »Wer ist dieses anmutige junge Mädchen?«, fragte er seinen Diener, als er Aziza erblickte. »Wie heißt sie und wo ist sie zu Hause?« Und der Diener antwortete: »Das ist Aziza, die Tochter des Goldschmieds.«

»Ich möchte sie kennen lernen«, verlangte der Prinz.

»Das geht nicht«, erwiderte der Diener. »Ihr wisst, dass ihr in drei Tagen eine Prinzessin aus dem fernen Jemen heiraten müsst. Der Kalif, euer Vater, hat sich mit seinem Ehrenwort dafür verbürgt.«

»Aber ich kenne diese Prinzessin doch gar nicht!«, rief der Prinz entrüstet.

»Ihr werdet sie auf der Hochzeit schon kennen lernen«, tröstete ihn der Diener. »Sie soll so schön sein wie die Morgenröte.«

»Meine Vorliebe gilt aber mehr der Abendröte«, widersprach ihm der Sohn des Kalifen, der nicht gern früh aufstand. »Und Aziza ist noch viel schöner als sie.«

»Nun gut, Herr, wenn Ihr es unbedingt wollt, dann werde ich dafür sorgen, dass das Mädchen zu den Feierlichkeiten eingeladen wird. Ich habe dem Wesir kürzlich einen Gefallen getan und, wie Ihr wisst, wäscht nicht nur in Bagdad eine Hand immer die andere«, lenkte der Diener ein, weil er seinem Herrn gern gefällig sein wollte.

Der Prinz war gleich damit einverstanden und so geschah es,

dass der Goldschmied schon bald die Botschaft erhielt sich drei Tage später mit seiner Tochter Aziza bei den Hochzeitsfeierlichkeiten im Kalifenpalast einzufinden.

Dieses Mal brauchte Aziza ihren Vater gar nicht erst zu bitten, das Geschmeide tragen zu dürfen. Er legte es ihr persönlich um den Hals, bevor sie die Sänfte bestieg, die sie zum Palast bringen würde. Er selbst ritt auf einem prächtig geschmückten Maultier neben ihr her.

Die Hochzeit des Sohns des Kalifen mit der Prinzessin war das prächtigste Fest, das seit langer Zeit in Bagdad gefeiert wurde. Krummschwerttänzer traten auf und Lautenspielerinnen, Bauchtänzerinnen und Märchenerzähler. Auch ein Zauberer zeigte seine Kunststücke und eine Gruppe von Seiltänzern gewagte Übungen auf einem von Minarett zu Minarett gespannten Seil.

Die Tochter des Goldschmieds, die seit der Begegnung in der Moschee in den Prinzen verliebt war, folgte den Anweisungen ihrer Amme, die ihr geraten hatte, seine Liebesglut so lange anzufachen und zu schüren, wie man ein Herdfeuer schüren muss, wenn man Fladen backen will. Also schob sie den Schleier ein wenig zur Seite und gab den Blick auf ihren weißen, von der Bernsteinkette geschmückten Mädchenhals frei. Sie schickte ihm Botschaft für Botschaft durch glühende Blicke aus ihren dunklen Olivenaugen, deren Inhalt es war, dass sie ihn liebte, stolperte vor ihm auf einer Treppe, sodass er sie fest halten musste, um sie vor einem Sturz zu bewahren und glättete anschließend mit einer anmutigen Gebärde wieder die Falten an ihrem Gewand. Doch sie hätte sich ihre Bemühungen ersparen können, da der Sohn des Kalifen bereits von Beginn des Festes an nur Augen für sie hatte und für niemand anderen, nicht einmal für seine Braut.

Der jemenitischen Prinzessin fiel nicht nur das merkwürdige Verhalten der beiden, sondern auch der Schmuck am Hals des Mädchens auf. Neid stieg in ihr hoch und Eifersucht, Zorn und Habgier. Sie gab einer Dienerin den Auftrag auszukundschaften, wer ihre Nebenbuhlerin sei und woher sie das kostbare Geschmeide hätte. In kürzester Zeit fand die Dienerin alles heraus und berichtete ihrer Herrin davon. Da ließ die Prinzessin den Goldschmied zu sich kommen.

»Verkauf mir den Schmuck, den deine Tochter trägt!«, sagte sie und bot ihm einen hohen Preis an. Der Goldschmied, der seine Familie mit seiner Arbeit ernährte, zögerte nicht lange und schlug ein. Doch als er Aziza zu Hause das Geschmeide abnehmen wollte, weinte sie und schrie und raufte sich die schönen schwarzen Haare, denn sie hatte sich in der kommenden Nacht mit dem Prinzen verabredet und wollte dabei die Kette tragen.

Aber alle Tränen halfen nichts. Dieses Mal ließ sich der Goldschmied nicht erweichen. Er überbrachte den Schmuck persönlich seiner neuen Besitzerin und nahm das Geld in Empfang. Während seiner Abwesenheit schlich sich die betrübte Aziza zu ihrer Verabredung und entdeckte schon bald, dass der Prinz sie auch ohne die Bernsteine liebte. Er hob sie zu sich auf seinen Hengst und entführte sie einfach. Auf diese Weise erhielt die Prinzessin aus dem fernen Jemen zwar ein kostbares Geschmeide, doch sie verlor ihren Gatten, was ihren Vater dazu veranlasste, einen Krieg gegen den Kalifen von Bagdad zu beginnen.

Der Goldschmied bekam zwar einen guten Preis für das Geschmeide, verlor dafür aber seine Tochter, worüber er sehr unglücklich war. Nur der Prinz und Aziza gewannen einander. Dass sie auf das Reich verzichten mussten, störte sie nicht weiter. Sie bauten sich ein Lehmhaus und kauften sich ein paar Ziegen, bekamen mehrere Kinder und lebten glücklich und zufrieden miteinander, bis Allah sie zu sich in den Himmel holte.

Vielleicht hatten die Leute aus dem Nordland doch mit ihrer Behauptung recht, in jedem Bernstein stecke ein großer Zauber.

Glaubt ihr nicht auch?

Der Samen vom Baum des Lebens

Einst lebte am Südrand der Wüste Sahara ein Mann, der keine Gelegenheit versäumte den Liedern fahrender Sänger zu lauschen. Eines Tages sang einer von ihnen ein Lied, das von der Schönheit des Meeres handelte. Im ersten Vers beschrieb er die Wasserfläche und ihre unendliche Weite, hinter der am Morgen die Sonne aufstieg oder am Abend versank. Der zweite Vers handelte von sturmgepeitschten Wellen, die alles unter sich begruben, was ihnen in die Quere kam, der dritte von unzähligen, in den Uferklippen nistenden Seevögeln und der vierte von weißen Sandstränden und Palmen, in deren Blättern der Wind wisperte.

Doch der Mann, der das Lied hörte, war noch nie über die äußersten Grenzen seiner Felder hinausgekommen. Er stellte sich das Meer wie eine riesengroße Schüssel voll Wasser vor. Da er nicht wusste, ob diese Vorstellung der Wirklichkeit entsprach, wünschte er sich sehnlichst einmal in seinem Leben das Meer zu sehen.

Ohne von seiner Familie, seiner Braut oder seinen Freunden Abschied zu nehmen, machte er sich gleich auf den Weg. Alles, was er mitnahm, war eine mit Wasser gefüllte Ziegenhaut und ein paar trockene Brotfladen, denn er hatte keine Ahnung, wie lange es dauern würde, bis er sein Ziel erreicht hätte.

In jener Zeit herrschten in seinem Land die Franzosen und weil er ihnen nicht begegnen wollte, nahm er viele Umwege in Kauf. Er stapfte durch den Sand der Wüste und als er in die Steppe kam, kletterte er nachts auf einen Affenbrotbaum, um nicht von einem Löwen angefallen zu werden. Er zwängte sich durch dichten Regenwald, überquerte Flüsse auf schwankenden Lianenbrücken und versteckte sich im hohen Gras, wenn er einen Mann in Uniform vorbeireiten sah. Ab und zu fand er einen Brunnen, aus dem er Wasser schöpfte, und als er seine Fladen aufgegessen hatte, sammelte er Schnecken und Ameisen und stillte seinen Hunger mit ihnen. Hitze und Regen störten ihn nicht. Die war er gewohnt.

Eines Tages entdeckte er von einem Hügel aus eine riesige glänzende Fläche und blieb überwältigt stehen. Die Fläche rauschte und schwappte in Wellen ans Land. Zuerst hielt er sie für flüssiges Silber. So schnell er konnte, rannte er zum Ufer und tauchte einen Finger hinein. Die Flüssigkeit war kühl und schmeckte versalzen. Da wusste er, dass er sein Ziel erreicht hatte.

Voll Staunen und Bewunderung hockte er sich ans Ufer und starrte auf das viele Wasser, das bis an den Himmel zu reichen schien. Zu Hause hatte er es Tag für Tag schwitzend und keuchend mit Hilfe eines Beutels aus einem Brunnen schöpfen müssen, um mit ihm seine Felder zu bewässern, denn ohne es wären Hirse, Bohnen, Mais und Jamswurzeln verdorrt. Das hätte bedeutet, dass seine Eltern und seine zahlreichen Brüder und Schwestern nichts zu essen gehabt hätten.

Tief versunken in den Anblick des Meeres hockte er den ganzen Tag mit angezogenen Knien da und rührte sich nicht von der Stelle. Zärtlich strich ihm der Wind übers Gesicht und das kam ihm so vor, als streichle ihn sein Mädchen. Gegen Abend wurde er hungrig. Er raffte sich auf und suchte nach etwas Essbarem. Schon nach kurzer Zeit fand er eine Kokosnuss. Er schlug sie entzwei, trank ihre Milch und zerkaute das harte Fleisch. Dann legte er sich hin, schlief ein und während der Wind in den Palmen raschelte und die Wellen ans Ufer schwappten, träumte er von dem Mädchen, das er heiraten wollte. Er sah sie mit dem schweren Krug auf dem Kopf in königlicher Haltung durchs Dorf gehen und hörte sie fröhlich lachen. Da schoss ihm durch den Kopf, dass ihr sein wortloser Abschied Kummer bereitet haben könnte und er wachte mit einem Schuldgefühl wieder auf.

Umschwärmt von unzähligen Sternen, trieb der Mond wie eine Gondel über den Himmel. Die Wellen schwappten ans Ufer und die Palmen wisperten im Wind. Da überlegte der Mann, er könne seiner Liebsten bei seiner Rückkehr ein Geschenk mitbringen und ihr damit eine Freude machen. Nur, was es sein sollte, wusste er nicht. Er hatte kein Geld, um ihr ein Stück Baumwolltuch oder eine Glasperlenkette zu kaufen, und außer seinem Lendenschurz, dem Wassersack aus Ziegenhaut und einem Speer besaß er nichts, was er ihr hätte geben können. Während dieser Überlegungen schlief er wieder ein.

Als er am nächsten Morgen aufwachte und die Wellen den Strand hochlaufen sah, kam ihm der Gedanke er könne das Meer um ein Geschenk für seine Braut bitten.

»Kannst du mir nicht etwas geben, das ich meiner zukünftigen Frau mitbringen kann?«, fragte er das Meer und wanderte dabei am Ufer entlang. Er fand viele Muscheln, doch die Wellen hatten sie alle zerbrochen. Er fand abgerissene Schwämme, Krebsgehäuse, weiß gebleichte Korallenäste, Tonscherben, getrocknete Algenbüschel und Schwemmholz, doch das alles war ihm nicht

gut genug als Geschenk für die Frau, die einmal die Mutter seiner Kinder werden sollte.

Auf einmal entdeckte er eine kleine braune Kugel, die von einer Welle über den Sand gerollt wurde. Es durchfuhr ihn wie ein Blitz, dass sie genau das war, was er zu finden gehofft hatte. Er hob sie auf, um sie genauer zu betrachten. Die Kugel war die Samenkapsel eines Baumes, den er nicht kannte. In seiner Phantasie erschien ihm dieser Baum als der wunderbarste Baum auf der ganzen Welt, der Baum des Lebens. Das Meer hatte ihm den Samen geschenkt, damit er ihn an seine Braut weitergebe.

Doch schon bald stellte der Mann fest, dass die Kapsel ein Loch hatte und leer war. Sie war rund und vollkommen, aber nur eine Hülle. Ich werde sie mit anderen Samen füllen, überlegte er, dann ist sie wie früher. Er bohrte mit seiner Speerspitze gegenüber der ersten Öffnung noch eine zweite, zog einen Grashalm durch beide Löcher und band sich die Samenkugel um den Hals. Dann machte er sich auf den Heimweg.

Es dauerte nicht lange, bis er zu einem Dorf kam. Die Dorfbewohner ernteten gerade Mais und Bohnen.

»Bitte schenkt mir ein Maiskorn und eine Bohne!«, bat sie der Mann.

»Was willst du mit nur einem Maiskorn und einer Bohne. Davon wirst du nicht satt«, erwiderten die Bauern lachend.

»Wenn ich sie hinter meinem Haus in den Boden stecke und sie jeden Tag mit Wasser gieße, dann werden sie in kurzer Zeit keimen und zu Pflanzen heranwachsen. Und wenn ich anschließend alle Samen noch einmal aussäe, habe ich bald ein Feld voller Mais und zwischen ihnen viele Bohnensträucher. Dann übergebe ich die Hälfte meiner Ernte abermals der Erde und von der anderen kann meine Frau viele Suppen kochen.«

Die Bauern staunten über die kluge Antwort, und gaben dem Mann das, um was er sie gebeten hatte. Während dieser sich bei ihnen bedankte, schob er das Maiskorn und die Bohne durch eines der beiden Löcher in das Innere der Samenkapsel und verschloss die Öffnungen anschließend mit einigen Harztropfen, die er von einem Baumstamm abgekratzt hatte. Danach setzte er seinen Weg fort.

Als Nächstes kam er an einem Hirsefeld vorbei. Und weil die Hirse gerade reif war, stand eine Frau in dem Feld und erntete sie mit einer Sichel. Ihr Baby trug sie in einem Tuch auf dem Rücken.

»Dürfte ich mir aus einer deiner Ähren ein Hirsekorn pflücken?«, fragte der Mann sie.

Die Frau nickte bloß und arbeitete weiter. Da zupfte sich der Mann ein Hirsekorn aus einer Ähre, löste das Harz von einem der beiden Löcher und schob den Samen zu der Bohne und dem Maiskorn in das Innere der Hülse. Nachdem er sich bei der Frau bedankt hatte, setzte er seinen Weg fort.

Ein paar Tage später lud ihn ein alter Mann dazu ein, mit ihm eine Papayafrucht zu essen. Er teilte sie in zwei Hälften und ließ ihn eine davon auswählen. Laut schmatzend verzehrte jeder seinen Anteil. Der Mann, der um seinen Hals einen Samen vom Baum des Lebens gebunden hatte, spuckte die Kerne auf den Boden und behielt nur einen zurück, den er in die Kapsel steckte.

Ein anderes Mal sammelte er unter einer Palme eine Dattel auf, deren Kern er ebenfalls der leeren Hülse an seinem Hals anvertraute. Zu allen diesen Samen fügte er noch ein Reis- und ein Gerstenkorn sowie die kleinen Samen einiger Gewürzpflanzen hinzu.

Als er schließlich zu Hause eintraf, war die leere Samenkapsel zu einem Behälter für viele andere nützliche Samen geworden.

Da ging der Mann zu dem Haus, in dem seine zukünftige Frau wohnte, und übergab ihr die Kapsel mit den Worten: »In diesem Samen ist der kostbarste Zauber verborgen, den die Mutter der Erde den Menschen anvertraut hat. Fädle ihn auf deine Perlenschnur, halte ihn in Ehren und behüte ihn. Solltest du irgendwann einmal in Not geraten, vergrabe ihn in deinem Garten und gieße ihn fleißig. Dann wird deine Not bald gelindert werden. Spürst du jedoch, dass dir der Tod nahe ist, dann gib ihn weiter an deine

Kinder oder die Kinder deines Bruders, deiner Schwester, deines Vetters oder deiner Base. Nur verkaufen darfst du ihn nie!«

Die Frau freute sich über das Geschenk fast ebenso wie darüber, dass der Mann zurückgekommen war. Sie tat, was er gesagt hatte, und fädelte die Samenkapsel auf ihre Perlenschnur. Und weil sie etwas größer als ihre anderen Perlen war, kam sie in die Mitte. An ihrem Hochzeitstag trug sie die Kette mit all ihrem anderen Schmuck, den großen goldenen Ohrringen, die wie gebogene Bananen aussahen, sowie den Arm- und den Fußreifen und sie hielt sie von da an immer in hohen Ehren. Sie war der festen Überzeugung, dass sie das Glück ihrer Ehe nur dieser Perle zu verdanken hatte. Auch als ihr Mann starb und sie mit ihren acht Kindern allein zurückließ, war sie sicher, dass ihre Familie immer genug zu essen haben würde, und sie arbeitete härter als alle anderen Frauen, um die Zauberkraft der Perle nicht zu verschwenden.

Erst als sie spürte, dass auch ihr Leben dem Ende zuging, rief sie ihre älteste Tochter zu sich an ihr Lager und sagte zu ihr: »Nimm diese Perlenschnur, deren mittlere Perle einmal ein Samen vom Baum des Lebens gewesen ist. Alle anderen Perlen kannst du verkaufen oder gegen etwas Nützliches eintauschen, wenn du in Not geraten solltest – nur diese nicht. Dein Vater hat sie mir zur Hochzeit geschenkt und mir dabei versichert, dass derjenige, der sie achtet und ständig am Hals trägt, niemals Hunger leiden muss, denn bevor das geschieht, kann er sie in die Erde stecken und wenn er sie fleißig mit Wasser begießt, werden in seinem Garten viele Pflanzen und Bäume gedeihen, deren Früchte und Körner ihm und seiner Familie ausreichend Nahrung spenden!« Danach schloss sie die Augen und starb.

Die Tochter merkte sich die Worte ihrer Mutter gut. Sie glaubte fest an den Samen des Lebens und als einmal viele Wochen lang der Regen ausblieb und die Brunnen in der Nähe ihres Hauses versiegten, als in ihrem Garten Bohnen und Hirse zu verdorren drohten und ihre hungrigen Kinder zu jammern begannen, da nahm sie einen weiteren Weg in Kauf als die anderen Frauen, bis sie einen Brunnen fand, der noch nicht ausgetrocknet war. So konnte sie ihren Garten trotzdem bewässern, ohne die Zauberkraft der Perle in Anspruch nehmen zu müssen.

Auch sie übergab die Kette ihrer einzigen Tochter, als sie spürte, dass es mit ihr zu Ende ging: »Nimm sie und halte sie hoch in Ehren«, flüsterte sie. »Die große Perle in ihrer Mitte ist ein Samen vom Baum des Lebens …« Aber dann wurde sie zu schwach, um weiterzureden, und starb.

Die Tochter nahm die Kette und hielt sie hoch in Ehren, ohne die Geschichte zu Ende gehört zu haben. Nur ihr ältester Bruder wusste Bescheid, denn er hatte einst hinter seiner Mutter gestanden, als ihr die Großmutter die Geschichte erzählte. Die Tochter heiratete und bekam viele Kinder. Doch dann wurde eines Tages ihr Mann im Streit von einem anderen erschlagen und ihre erwachsenen Kinder zogen in die Stadt, weil sie hofften, dass es ihnen dort besser erginge als in ihrem Dorf. Schließlich verlor sie durch einen unglücklichen Sturz auch noch ein Auge. Und weil sie nichts von der Zauberkraft der Perle wusste, konnte sie auch nichts anfangen mit ihr. Sie verkaufte ihre Hütte mitsamt dem Garten und zog zu ihren beiden Brüdern, die keine Frauen gefunden hatten, weil sie zu arm gewesen waren, um das Brautgeld für sie aufzubringen. Die drei Geschwister waren alt, viel zu alt, um noch ein Feld bewirtschaften und für seine Bewässerung sorgen zu können. Sie lebten von dem Geld, das ihnen die Kinder der Frau aus der Stadt schickten und von den Almosen, die ihnen die

Gläubigen schenkten, wenn sie am Freitag aus der Moschee kamen.

Doch den Kindern ging es in der Stadt nicht immer gut und sie hatten selbst nicht genug zum Leben. Die Almosen der Gläubigen waren eine unsichere Einnahmequelle. So litten die drei Alten oft an Hunger und es war kein Wunder, dass der älteste Bruder schon bald zu schwach war, um sich von seinem Lager zu erheben. Längst hatte er die Geschichte der Perle unter seinen Sorgen begraben. Erst als er seine Geschwister fragte, was sie der Frau gegeben hätten, die sie geholt hatten, um ihn von seinen Gebrechen zu heilen, erzählte ihm sein jüngerer Bruder, dass er die Kette der Schwester an Touristen verkauft hätte, um an das Geld zu kommen.

»Und der Samen des Lebens?«, fragte ihn der alte Mann. »Hast du den etwa mit verkauft?«

»Welcher Samen des Lebens?«

Da erzählte der Kranke ihm und seiner Schwester die Geschichte der Samenperle. »Holt sie zurück!«, bat er seine Geschwister zum Schluss: »Einen Samen vom Baum des Lebens darf man niemals verkaufen. Das verschlimmert das Unglück einer Familie. Vielleicht könnt ihr den Fehler wieder gutmachen, wenn es euch gelingt, die Perle zurückzuholen und einem Mädchen aus unserem Dorf zur Hochzeit zu schenken. Wir sind zu alt und brauchen sie nicht mehr und unsere Kinder, die heute in der Stadt leben, lachen uns aus, wenn wir ihnen die Geschichte vom Samen des Lebens erzählen.«

Seine Geschwister versprachen ihm ihr Bestes zu tun und weil sie wussten, dass eine entfernte Verwandte aus ihrem Dorf demnächst heiraten wollte, scheuten sie keine Mühe, um die Perle wieder zu beschaffen und sie der Braut zur Hochzeit zu schenken. »Nimm diese Kette, in deren mittlerer Perle sich ein großer Zauber verbirgt. Wenn du und deine Familie einmal in Not kommen sollten …«, sagten sie zu ihr und erzählten ihr die Geschichte, die ihr Urgroßonkel seiner Braut erzählt hatte. Und weil es schon lange nicht mehr geregnet hatte und alle Pflanzen bereits verdorrt waren, vergrub die junge Frau die Perle gleich in ihrem Garten. Sie wurde nicht müde sie jeden Tag zu begießen. Nach einer Weile sprossen Keime aus dem Boden. Als sie zu jungen Pflanzen herangewachsen waren, verteilte sie die Frau, damit sie genügend Platz hatten, um sich weiterzuentwickeln.

Schon bald gediehen Mais und Bohnen, Hirse, Reis, Gerste und viele Gewürzpflanzen in ihrem Garten. Und vor ihrer Hütte breitete ein großer Papaya-Baum seine Schatten spendenden Zweige aus.

Und wer die Frau fragte, warum ihr Garten so fruchtbar sei, während auf allen Feldern die Pflanzen verdorrten, dem erzählte sie die Geschichte vom Samen des Lebens, den sie zu ihrer Hochzeit geschenkt bekam und dessen Zauber dieses Wunder bewirkt hatte.

Die Spieluhr

Vor langer Zeit herrschte ein Kaiser in China, der, wie alle seine Vorgänger auch, für einen Sohn des Himmels gehalten wurde. Sein Volk nannte ihn »Kaiser Tsching«.

Jeden Morgen, nachdem er von seinen Dienern angekleidet worden war und sein Morgenmahl eingenommen hatte, besprach er mit seinen Ratgebern, welche Entscheidungen an diesem Tag zum Wohl seines riesigen Reiches gefällt werden mussten. Diese Ratsversammlung zog sich oft lange hin und Kaiser Tsching erwartete ungeduldig ihr Ende. Oft war es heiß im Palast, er begann zu schwitzen und seine schweren goldbestickten Gewänder kratzten ihn am Rücken. Das nicht enden wollende Palaver der kaiserlichen Würdenträger langweilte ihn schrecklich und machte ihn schläfrig.

Doch kaum verkündete der Schlag eines Gongs den Schluss der Sitzung, war der Himmelssohn gleich wieder hellwach. Auf diesen Augenblick wartete er täglich mit großer Sehnsucht, weil er das Zeichen für seine Ratgeber war, sich vor seinem Thron auf den Boden zu werfen und anschließend rückwärts gehend den Saal zu verlassen.

Kaum waren sie seinen Augen entschwunden, scheuchte der Herrscher die Bediensteten aus seiner Nähe. Er eilte die Stufen der Halle der Höchsten Harmonie hinunter und durch das Hintere Tor zur Linken, vorbei an der Neun-Drachen-Mauer und durch den Palast des Ruhevollen Alters. Erst wenn er vor dem Pavillon des Heiteren Klanges ankam, verlangsamte er seine Schritte. Und weil er wusste, dass das Einzige, über das er keine Macht besaß, die verrinnende Zeit war, versuchte er immer, es so einzurichten, dass ein kaiserlicher Fuß genau zur vollen Stunde über die erhöhte Türschwelle stieg.

Im selben Augenblick fing es nämlich im Inneren des Pavillons zu klingen und zu zwitschern an, zu trillern und zu jubilieren, helle Glöckchen schlugen aneinander, Zimbeltonleitern ertönten und mischten sich mit den Klängen eines Xylophons, die von den Schlägen verschiedener Gongs begleitet wurden. Alle kaiserlichen Spieluhren vereinigten sich in einem großen Orchester und bestärkten Kaiser Tsching in der Ansicht, dass sie es ihm zu Ehren taten.

In diesem Saal, in dem auf Tischen, kleinen Kommoden und Podesten unzählige Musikautomaten standen, erholte sich der Sohn des Himmels von der lästigen Pflicht des Regierens und den Palastintrigen. Nichts konnte ihn mehr erfreuen, als dem Klang der Walzen und Glöckchen zu lauschen und den kleinen Figuren zuzusehen, die sich auf ihnen bewegten, drehten und hüpften, tanzten oder flatterten. Seine Vorliebe für sie war weit über die Grenzen seines Reiches bekannt. Wenn ihn ein fremder Herrscher besuchte, dann versäumte er es nur selten, Kaiser Tsching als Gastgeschenk eine Spieluhr mitzubringen, weil er wusste, dass dieser ihren Wünschen dann viel wohlwollender gegenüberstand.

Mit der Zeit war auf diese Weise eine große Anzahl kostbarer Kunstwerke zusammengekommen und der Kaiser wusste oft nicht, welchem er den Vorzug geben sollte oder welches ihm das Liebste war.

In jenen Jahren lebte ein Uhrmacher in dem südlich des großen Jangtseflusses gelegenen Städtchen Suzhou. Dieser Uhrmacher war ein wahrer Künstler seines Fachs. Er hieß Ling Li, doch fast alle Leute nannten ihn nur Meister Li. Seine Gemahlin war bei der

Geburt ihrer einzigen Tochter gestorben. Er hatte sie so geliebt, dass ihm keine andere Frau würdig genug erschien ihre Nachfolgerin zu werden. Deshalb hatte er seine Tochter Ling Wei allein aufgezogen und dabei beobachten können, wie sie zu einem wunderschönen Mädchen heranwuchs. Ihre blasse, pfirsichfarbene Haut, die tintenschwarzen Haare, die mandelförmigen Augen und die grazile Gestalt verschafften ihr schon bald den Ruf das schönste Mädchen der Stadt zu sein. Von ihrem zwölften Lebensjahr an bewarben sich viele Männer um ihre Hand, doch keiner war Meister Li gut genug. Er erfand immer neue Ausreden, um die Bewerber abzuweisen.

Eines Tages besuchte der Kaiser auf einer Rundreise durch die Provinzen seines Reiches auch das Städtchen Suzhou. Weil es ihm dort besonders gut gefiel, ließ er sich auf seiner Drachenbarke die vielen Kanäle entlangrudern, denen Suzhou den Vergleich mit Venedig verdankte. Auf den mit Farn, Bambus und Chrysanthemen geschmückten Terrassen und Balkonen standen die Menschen dicht gedrängt und jubelten ihm zu, denn es kam höchstens einmal in hundert Jahren vor, dass ein Sohn des Himmels ihrer kleinen Stadt die Ehre eines Besuchs zuteil werden ließ.

Der erhabene Kaiser freute sich über die Huldigungen seines Volkes. Er hockte unter einem goldbefransten Paladin, ließ seine Blicke hin und her schweifen und hob ab und zu eine Hand, um sich für den Jubel zu bedanken.

Auf einmal fiel sein Blick auf einen Balkon, von dem aus ein Mädchen und ein alter Mann das prächtige Boot beobachteten. Noch nie hatten die Augen des Kaisers ein so schönes Mädchen gesehen, und das wollte etwas heißen, denn in seinem Palast lebten viele schöne Hofdamen. Ohne lange zu überlegen, gab er einem seiner Würdenträger den Befehl dieses Mädchen zusammen mit dem Alten herbeizuschaffen. Der Würdenträger führte den Befehl so rasch es ihm möglich war aus. Er veranlasste, dass Meister Li und seine Tochter Wei, denn um diese beiden handelte es sich, gegen Abend vor den Thron des Kaisers gebracht wurden.

Der Uhrmacher wusste, was sich gehörte: Er warf sich vor Kaiser Tsching auf den Boden. Seine Tochter verneigte sich tief mit niedergeschlagenen Augen.

»Steht auf!«, befahl ihm der Sohn des Himmels. »Wer seid ihr?«

»Ling Li, ein Spieluhrenmacher«, erwiderte der Alte und richtete sich ächzend wieder auf.

»Und wer ist das?«, fragte der Kaiser und deutete auf das Mädchen.

»Meine Tochter Ling Wei«, erklärte ihm Meister Li.

»Schickt sie in meinen Palast nach Peking. Ich will sie zur Frau!«

Dem Uhrmacher kam es vor, als habe ein eiskalter Speer sein Herz durchbohrt, denn das Mädchen war das Liebste, was er besaß. Er warf sich vor dem Kaiser auf den Boden und flehte ihn an, Ling Wei nicht mit nach Peking zu nehmen, da die Trennung von ihr seinen Tod bedeuten würde und möglicherweise auch den Tod des Mädchens.

Doch der Kaiser war es gewöhnt, dass seine Wünsche widerspruchslos erfüllt wurden. Er bestand darauf, Ling Wei zur Frau zu bekommen und ließ auch gleich seinen Leibastrologen den günstigsten Zeitpunkt für die Vermählung berechnen.

Der Astrologe bestimmte den Tag und die Stunde. »Drei volle Monde, von heute an«, sagte er, »in der Doppelstunde des Schafs, wenn das Tierkreiszeichen der Schlange von dem des Pferdes abgelöst wird.« Das bedeutete, dass das Mädchen Ling Wei bis dahin in den Palast des Himmelssohns gebracht werden musste. Nach dieser Entscheidung und ohne auf die Tränen seiner zukünftigen Gattin zu achten, setzte der Kaiser mit seinem Gefolge die Reise durch seine Provinzen fort.

Meister Li war verzweifelt. Er raufte sich den schütteren Bart, rang die Hände und jammerte schrecklich. Nicht einmal seine Tochter, die sich inzwischen mit ihrem Schicksal abgefunden hatte, sah sich imstande ihn zu trösten. Um ihn ein wenig abzulenken, schlug sie ihm deshalb vor ihr als Hochzeitsgabe eine Spieluhr mitzugeben. Eine Uhr, so prachtvoll und erfindungsreich, dass sie auf der Welt nicht ihresgleichen fände. Der Alte hielt ihren Vorschlag für gut. Er begann sich zu überlegen, was für eine Art Uhr er anfertigen könnte. Doch so viel er auch grübelte, skizzierte, konstruierte und nach Melodien suchte, es fiel ihm nichts ein, was ihm als Hochzeitsgabe für Ling Wei gut genug erschien.

Eines Tages besuchte er einen Freund, der hinter seinem Haus einen wunderschönen Garten angelegt hatte. Während Meister Li darauf wartete, dass der Tee zubereitet würde, ging er allein in dem Garten spazieren. Er wanderte am Ufer eines Teichs entlang, überquerte eine gebogene Brücke, schlenderte durch einen Bambushain und stieg auf einen künstlich angelegten Hügel, auf dem sich ein Pavillon befand.

Vor diesem Pavillon stand eine Bank, auf der sich der Uhrmacher niederließ und darauf wartete, bis sich sein Atem von dem Aufstieg erholt haben würde. Dabei beobachtete er einige Vögel auf einem blühenden Kirschbaum. Sie zwitscherten und trillerten, hüpften zwischen den Ästen hin und her, schnäbelten miteinander, huschten davon, flatterten von einem Zweig zum nächsten, und das sah so possierlich aus, dass Meister Li zu lächeln und sich zu freuen begann.

So soll meine Spieluhr aussehen, überlegte er. In einer Einsiedelei soll ein alter Mann hausen, der sich an dem Gezwitscher der Vögel in einem blühenden Kirschbaum erfreut. Nur einmal im Jahr soll das Uhrwerk zum Leben erwachen, immer an dem Tag, an dem das Tierkreiszeichen der Schlange von dem des Pferdes abgelöst wird, zur Doppelstunde des Schafs, die zugleich auch die Stunde der Vermählung Ling Weis mit dem Kaiser sein wird. Das sollte Kaiser Tsching an seinen Hochzeitstag erinnern und vielleicht auch daran, dass auch ein Sohn des Himmels alt werden und sterben kann, genau wie jeder andere seiner Untertanen. Ohne auf seinen Freund und den Tee zu warten, eilte der Uhrmacher davon, um sich gleich an die Arbeit zu machen.

Er hatte sein Werk so genau im Kopf, dass er ohne lange Vorzeichnungen begann. Unzählige kleine Rädchen mussten hinter-, über- und ineinander laufen. Eine Walze musste gegossen, geschliffen und so mit dünnen Nägeln versehen werden, dass Vogelgezwitscher erklang, wenn sie sich an einem Kamm entlangdrehte.

Das Zifferblatt würde er in den Hügel einlassen. Er schmiedete einen blühenden Kirschbaum und viele kleine Vögel, deren Federn er mit Emailfarben bemalte und anschließend in einem Ofen brannte. Feine Gelenke und Scharniere verbanden die einzelnen Teile und versetzten die Vögel in die Lage zu flattern, die Schnäbel zu öffnen und zu schließen, über die Äste zu hüpfen und sich gegenseitig zu necken. Es war schwierig, alles miteinander so in Einklang zu bringen, dass es Harmonie ausstrahlte.

Auf die Kuppe des Hügels baute er einen Pavillon und dahinter den Bambushain, den Teich und die gebogene Brücke. Er arbeitete Tag und Nacht und nahm sich kaum Zeit, um etwas zu essen. Sein ohnedies alter Körper magerte immer mehr ab. Am Tag bevor die Sänfte des Kaisers Ling Wei abholen sollte, hatte er sein Werk beinahe fertig gestellt. Nur der Einsiedler fehlte noch.

Als ihm seine Tochter am Abend zum allerletzten Mal das Essen in die Werkstatt brachte, winkte er sie zu sich heran und sprach: »Heute Nacht werde ich mein Werk beenden, damit du es morgen mitnehmen kannst. Doch bitte erspare meinen alten Augen dich in die Sänfte einsteigen zu sehen, die dich für immer von hier fort trägt. Schon heute kommt es mir so vor, als zerreiße mein Herz, wenn ich an deine Abreise denke. Lass uns jetzt gleich Abschied voneinander nehmen. Ich verspreche dir, dass meine Seele auch in der Ferne stets bei dir sein wird!«

Mit diesen und ähnlichen tröstenden Worten verabschiedete sich der Alte von seiner Tochter, während beiden die Tränen über die Gesichter rannen.

Am nächsten Morgen holte ein Tross prächtig gekleideter Diener Ling Wei in ihrem Haus ab. Bis zum letzten Augenblick gab sie die Hoffnung nicht auf, ihren Vater noch einmal zu sehen. Doch er zeigte sich nicht. Die sorgsam verpackte Spieluhr, die sie bei ihrem Gepäck vorgefunden hatte, war sein letzter Gruß. Sie übergab sie einem der Diener mit der Bitte, sie mit der allergrößten Vorsicht zu behandeln, da sie von unschätzbarem Wert sei und dazu ein Geschenk ihres Vaters für Kaiser Tsching.

Obwohl Ling Wei und ihr Gefolge einen Teil des Weges in

einem Boot zurücklegen konnten, war die Reise nach Peking weit und mühsam. Sie erreichten den Palast genau an jenem Tag, an dem das Tierkreiszeichen der Schlange von dem des Pferdes abgelöst wurde und nur kurz vor der Doppelstunde des Schafs. Die Tochter des Uhrmachers hatte gerade noch Zeit ein Bad zu nehmen und sich von ihren Dienerinnen ankleiden zu lassen, dann war die Stunde der Vermählung gekommen.

Die Halle der Höchsten Harmonie erstrahlte im Licht unzähliger Lampions. Langsam, an der Spitze ihrer Hofdamen, zog die künftige Kaiserin ein. Hinter ihr trug ein Diener die immer noch verhüllte Hochzeitsgabe und stellte sie auf ein Tischchen gleich neben den Thron Kaiser Tschings.

Die Zeremonie begann. Ling Weis Antlitz wirkte unter der Pfauenkrone noch bleicher als sonst und die dunklen Augen glühten wie Kohlen. Doch das fiel niemandem auf, denn die kostbaren goldbestickten Seidengewänder, die Diamanten und Edelsteine überstrahlten alles. Das von ihnen ausgehende Licht blendete die Würdenträger, die Mandarine, ihre vornehmen Frauen und die übrigen Hochzeitsgäste. Dazu erschwerten die aus zahlreichen Räucherschalen aufsteigenden Weihrauchdämpfe den Blick auf das kaiserliche Paar.

Doch mitten im Gemurmel der Mönche, zwischen den Klängen der Gongs und der Zimbeln, erklang auf einmal ein fremder Schlag. Und der Priester, dessen Aufgabe es war, die Zeremonie durchzuführen, hielt mitten in der Bewegung inne und lauschte. Auch die Würdenträger und Mandarine, die Diener und Dienerinnen, die vornehmen Frauen und übrigen Hochzeitsgäste verharrten schweigend.

Wie von Geisterhand berührt rutschte das Tuch von der Brautgabe Meister Lis, und darunter erschien die schönste Spieluhr, die Kaiser Tsching und die Anwesenden jemals erblickt hatten. Unter einer gläsernen Glocke befand sich ein Garten mit Teich und Bogenbrücke, mit einem Bambushain und einem künstlichen Hügel, auf dessen Kuppe ein zierlicher kleiner Pavillon stand. Die

Blüten des Kirschbaums an seiner Seite bestanden aus Diamanten und die Blätter aus grünen Smaragden, das Gefieder der Vögel auf seinen Ästen war aus buntem gebranntem Email genau wie das in den Berghang eingelassene Zifferblatt einer Uhr. Diese Uhr hatte nur einen Zeiger. Er lief leer im Kreis und hielt erst zwischen dem Tierkreiszeichen der Schlange und dem des Pferdes. Während alle staunend das Meisterwerk betrachteten, begann sich in seinem Inneren eine kleine Walze zu drehen und es erklang ein Zwitschern und Trillern, Pfeifen und Jubilieren, wie es noch keiner der Gäste jemals vorher vernommen hatte. Alle fingen an von einem Garten zu träumen, der in ihrer Vorstellung zum Paradies des ewigen Lebens wurde. Dabei schlossen sie die Augen und begannen sich im Takt der Musik langsam um sich selbst zu drehen und zu tanzen. Bald tanzten die Würdenträger mit ihren Gemahlinnen und die Mandarine mit den Hofdamen. Nur Kaiser Tsching und Kaiserin Ling Wei blieben unbewegt auf ihren Thronsesseln sitzen und rührten sich nicht von der Stelle. Sie beobachteten, was in der Spieluhr vor sich ging. Das, was sie sahen, kam ihnen wie Zauberei vor.

Es waren nicht nur die Vögel, die flatternd von Ast zu Ast hüpften und miteinander schnäbelten, nicht nur die Blätter des Kirschbaums, die sich in einem leichten Wind zu bewegen schienen oder der Teich, in dem zahlreiche Goldfische hin und her schwammen, es war der alte Mann, der aus dem Pavillon trat und sich auf die Bank setzte. Es war Meister Li, wie er leibte und lebte. Er hatte sich neu erschaffen und in sein Werk zurückgezogen, um immer in der Nähe seiner geliebten Tochter sein zu können.

Als die Kaiserin ihn erkannte, fiel sie mit einem Seufzer in Ohnmacht. Der Sohn des Himmels aber konnte keinen Finger rühren. Hilflos musste er mit ansehen, wie sich seine eben angetraute Gattin in Weihrauch auflöste, sich verflüchtigte, und schließlich völlig verschwand.

Im selben Augenblick blieb die Walze mit einem Knacksen stehen und die Vögel erstarrten auf ihren Ästen. Die Hochzeitsgäste erwachten aus einem Traum vom ewigen Dasein in einem paradiesischen Garten, und der Kaiser spürte, wie das Blut in seinen Adern weiterzufließen begann.

Die Kaiserin blieb verschwunden. Kaiser Tsching veranlasste, dass der Palast bis in den letzten Winkel hinein durchsucht wurde. Er ließ die Wachen befragen, doch diese versicherten, dass niemand von ihnen verlangt hätte die Tore zu öffnen. Daraufhin schickte der erzürnte Himmelssohn seine Schergen nach Suzhou, weil er annahm, dass ihn der alte Uhrmacher betrogen hatte. Doch die Männer fanden die Werkstatt verlassen vor und keiner der Nachbarn konnte sich daran erinnern, Meister Li nach der Abreise des Mädchens noch einmal gesehen zu haben.

Da setzte sich in Kaiser Tsching der Gedanke fest, dass er das alles nur geträumt haben könnte und dass die schöne Ling Wei in Wahrheit ein Zauberwesen gewesen sei, vielleicht eine Fee oder ein weiblicher Dämon, wer weiß!

Doch genau ein Jahr später, als das nächste Mal das Tierkreiszeichen der Schlange von dem des Pferdes abgelöst wurde, befand sich der Sohn des Himmels zur Doppelstunde des Schafs allein im Pavillon des Heiteren Klangs, wohin man das Kunstwerk Meister Lis gebracht hatte. Wieder begann sich die Walze zu drehen, begann das Zwitschern und Tirilieren der Vögel. Wieder schien ein leichter Wind die Blätter des Kirschbaums zu bewegen und die Fische begannen im Teich hin und her zu schwimmen, als der alte Einsiedler den Pavillon verließ, um sich auf der Bank niederzulassen. In seiner Begleitung befand sich ein wunderschönes Mädchen, dessen pfirsichfarbene Haut und tintenschwarzes Haar, dessen mandelförmige Augen und grazile Gestalt derjenigen Ling Weis verblüffend ähnlich waren.

Da gab sich der Kaiser geschlagen. »Ihr seid im Besitz der größeren Macht, Meister Li«, flüsterte er leise. »Ich bin nur ein Sohn des Himmels, doch ihr seid ein Meister der Zauberei.«

Seitdem versäumte er es nie, wenn das Tierkreiszeichen der Schlange von dem des Pferdes abgelöst wurde, zum Beginn der Doppelstunde des Schafs alle Ratgeber zu entlassen und die Diener fortzuscheuchen, damit er sich allein in den Pavillon des Heiteren Klangs begeben konnte, um die Spieluhr schlagen zu hören. Dann sah er die Vögel auf den Ästen herumhüpfen, beobachtete wie Meister Li, der Uhrmacher aus Suzhou, in Begleitung seiner Tochter Wei aus dem Schatten des Pavillons trat und beide sich auf der Bank niederließen. Die Ruhe, das Glück und die Harmonie dieser kleinen Szene übertrugen sich dann auf ihn und gaben ihm die Kraft, die er brauchte, um sein Reich zur Zufriedenheit seines Volkes weiter zu regieren.

Die phantastische Geschichte vom Entstehen einer phantastischen Geschichte

Fünf Reiter zogen auf ihren Kamelen durch die flimmernde Hitze der Sahara. Der jüngste hieß Abouli. Sein Vater hieß Achmed, ein anderer Khalid, noch einer Takajedu und der Älteste von ihnen Abdullah. Mitten zwischen den hohen Dünen trafen sie einen fremden Reiter mit dem Namen Suleiman. Suleiman war von Beruf Märchenerzähler. Er zog von Markt zu Markt, erfreute die Menschen mit seinen Geschichten und kannte die Welt.

»Wie kommt es, dass in den meisten Märchen so viele unwirkliche Dinge geschehen?«, fragte Abouli Suleiman. »Da kann ein Pferd auf einmal fliegen oder ein Geist schlüpft aus einer Flasche, jemand errichtet in einer Nacht einen prächtigen Palast, schiebt eine Felswand zur Seite, hinter der ein Schatz verborgen ist oder besiegt einen Drachen, der eine schöne Prinzessin gefangen hält. Erzählst du nur, was du selbst gehört hast oder erfindest du die Geschichten? Ist das, was du deinen Zuhörern berichtest, die Wahrheit oder Phantasie?«

»Wer kann schon die Wirklichkeit von der Phantasie unterscheiden?«, fragte ihn der Märchenerzähler. »Das können nicht mal die Weisen. Hast du noch nie geträumt, dass du dich in die Luft erhebst und über die Wüste schwebst, dass du alles von oben siehst, Sanddünen, Kalkfelsen, Dornbuschbäume und manchmal auch ein Dorf oder eine Karawane? Vielleicht hast du dich auf deinem Flug über die Wolken erhoben und den Sternen genähert, die den nachtschwarzen Himmel durchlöchern? Oder bist im Traum auf dem Grund des Meeres spazieren gegangen und hast entdeckt, dass du selbst ein Fisch unter den vielen anderen bunten Fischen bist, die in wunderbaren Muschelpalästen hausen und in roten Korallenwäldern Abenteuer bestehen?«

»Dann sind alle Märchen einmal Träume gewesen?«, fragte Abouli.

»Nicht alle«, erklärte Suleiman. »Viele sind auch aus Wünschen entstanden. Da wünscht sich jemand reich zu sein und von einem Diener den Tee serviert zu bekommen, weil ihm von der vielen Arbeit der Rücken wehtut. Vielleicht wünscht er sich auch die Tochter des Sultans zur Frau oder den Stein der Weisen, mit dessen Hilfe er alle anderen Wünsche befriedigen kann. Die Hoffnung, dass diese Wünsche in Erfüllung gehen könnten, tröstet ihn über sein elendes Dasein hinweg und wenn er es anderen Menschen erzählt, spendet er auch ihnen Trost. Dass alle diese Geschichten einmal Träume gewesen sind oder Wünsche, ist bald vergessen. Häufig entstehen phantastische Geschichten auch durch die Weitergabe einfacher Geschehnisse, die von Mund zu Mund gehen. Dabei wird hier so lange ein Wort weggelassen, dort eines hinzugefügt und alles etwas übertrieben, damit es aufregender klingt, bis es auf einmal zu einer phantastischen Geschichte geworden ist.«

»Das glaube ich nicht!«, zweifelte Abouli.

»Das kann ich beweisen.«

»Wie willst du das tun?«

»Es ist ganz einfach und geht schneller als du denkst.« Suleimans Augen verrieten, dass er lächelte.

»Erzähl mir irgendein Abenteuer, das dir oder einem Freund in der letzten Zeit zugestoßen ist!«

Der Junge überlegte kurz. Dann fiel ihm ein, dass seinem Freund Ali kürzlich ein Kamel davongelaufen war und wie er es wieder gefunden hatte.

»Geht so etwas?«, fragte er den Märchenerzähler, nachdem er ihm von Alis Abenteuer berichtet hatte.

»Wissen die anderen davon?«, fragte ihn Suleiman mit einem Blick auf die übrigen Reiter. Abouli schüttelte den Kopf.

»Gut, dann erzähl es jetzt Takajedu und warte dann, was weiter geschieht!«

Abouli erzählte Takajedu von Alis abenteuerlicher Suche nach dem Kamel: »Als Ali am Morgen aufwachte, war sein Kamel verschwunden. Alle anderen Kamele waren da, nur seines nicht. Ali fand die Fußfessel im Sand. Vermutlich hatte er den Knoten nicht fest gezogen. Da stellte er sich vor, was er machen würde, wenn er selbst ein Kamel wäre, dessen Fessel sich gelöst hatte. Weglaufen würde er, irgendwohin, wo es fettes Gras gäbe oder Dornbuschbäume, deren Blätter süß schmeckten. Sofort machte sich Ali an die Verfolgung, weil er eine Stelle kannte, wo noch genügend Gras und ein paar Kameldornbäume wuchsen. Unterwegs scheuchte er eine Gazelle auf. Ach, wenn ich sie nur fragen könnte, ob sie mein Kamel gesehen hat, dachte er und ging weiter. Auf einmal flatterte ein großer schwarzer Vogel vor ihm hoch. Der Vogel hatte einen leuchtend roten Schnabel. Mal sehen, wo er hinfliegt, überlegte Ali und folgte ihm. Der Vogel führte ihn zu einem Hügel. Und hinter diesem Hügel entdeckte Ali sein Kamel. Es stand unter einem Baum und fraß die Blätter von den Ästen. Neben ihm stand ein zweites Kamel. Eines, das niemandem gehörte. So erhielt Ali sein Tier zurück und noch ein zweites dazu. Hamdulillah. Allah sei Dank.«

»Da hat er aber großes Glück gehabt«, sagte Takajedu voller Bewunderung, als Abouli die Geschichte zu Ende erzählte hatte.

»Das finde ich auch«, bestätigte der Junge.

Die Sonne stieg höher. Die Hitze färbte den Himmel weiß und in einem See aus heißer Luft spiegelten sich die fernen Hügel. Takajedu trieb sein Kamel neben das Khalids.

»Was hatte dir Abouli denn so Wichtiges zu erzählen?«, fragte Khalid Takajedu voller Neugier.

»Kennst du nicht die Geschichte von seinem Freund Ali, dem sein Kamel davongelaufen war?«

Khalid schüttelte den Kopf. »Nein«, brummte er.

»Eines Morgens vermisste Ali sein Kamel. Es hatte in der Nacht seine Fessel abgestreift und sich davongemacht. Ali überlegte, was er tun könnte, um es wiederzufinden, und als er sich vorstellte, er sei selbst ein Kamel, da war er auf einmal eines. Der Hunger trieb ihn dazu, sich auf die Suche nach Futter zu machen. Dabei begegnete er einer Gazelle. ›Hast du ein Kamel gesehen?‹, fragte er sie, obwohl er genau wusste, dass sie ihn nicht verstand. Als sie flüchtete, scheuchte sie einen großen schwarzen Vogel mit einem blutroten Schnabel hoch. Ali folgte ihm, so schnell er konnte. Und wirklich, hinter dem nächsten Hügel graste sein Kamel und neben ihm noch eines.«

»Und der riesengroße schwarze Vogel mit dem blutroten Schnabel, wohin flog der?«, wollte Khalid wissen.

»Der war auf einmal verschwunden. Vermutlich war er der Vogel Greif.«

»Das ist erstaunlich!«, rief Khalid. »Kennt Achmed diese Geschichte?«

»Das glaube ich nicht«, entgegnete Takajedu.

»Dann muss ich sie ihm gleich erzählen.« Khalid trieb sein Kamel an, bis er Achmed erreichte, der gerade zu Fuß ging.

»Takajedu hat mir da gerade eine Geschichte erzählt«, begann er schnell, »die vor ein paar Tagen Aboulis Freund Ali zugestoßen sein soll.«

»So«, sagte Achmet ohne große Begeisterung und behielt einen auffallend geformten Berg im Auge.

»Willst du sie nicht hören?«

»Doch, doch …«

»Also«, fing Khalid an, »jener Ali vergaß eines Tages seinem Kamel eine Fußfessel anzulegen …« Und er erzählte Achmed die Geschichte so, wie er sie im Gedächtnis behalten hatte. Doch Achmed hörte ihm nur halb zu, weil er ständig darauf achten musste, den Berg nicht aus den Augen zu verlieren, der ihm als Wegweiser diente.

»Ist das nicht eine erstaunliche Geschichte?«, fragte ihn Khalid, als er geendet hatte.

»Ja, wirklich sehr erstaunlich«, antwortete Achmed ein bisschen zerstreut, »ich werde sie später dem alten Abdullah erzählen. Diese Art von Geschichten hört er für sein Leben gern«, und setzte bei der nächsten Gelegenheit sein Vorhaben in die Tat um.

Abdullah schüttelte verwundert den Kopf, während Achmed erzählte. Er fand die Geschichte unglaublich. Zuerst ging ein Kamel verloren, dann verschwand auch noch eine Gazelle, dafür tauchte ein Riesenvogel auf, dessen Schnabel blutverschmiert war. Und als sich der Vogel auf einmal in ein Kamel verwandelte, war plötzlich auch noch ein zweites Kamel da. Abdullah war so alt, dass er oft Mühe hatte seine Gedanken in Ordnung zu halten. Vieles vergaß er, manches verwirrte sich, kreiselte durcheinander, Worte flatterten davon und ließen sich nicht mehr einfangen. Also, was hatte ihm Achmed da eben erzählt? Ein Freund von Abouli verwandelte sich in ein Kamel, das von einem riesigen Vogel angegriffen wurde? Und dieser Vogel sollte der Vogel Greif gewesen sein. Was denn sonst? Aber halt, da war doch noch eine Gazelle. Was hatte die denn mit dem allen zu tun? Die Hitze ließ den Alten schläfrig werden. Er döste ein und wachte erst wieder auf, als sein Kamel stehen blieb, weil Achmed einen guten Lagerplatz für die Nacht gefunden hatte. Abouli sammelte Holz und schöpfte Wasser aus einem nahe gelegenen Brunnen. Takajedu machte Feuer und kochte Tee, während Khalid das letzte Brot aus seiner Satteltasche kramte.

Der süße Tee schmeckte köstlich. Schon bald verteilte sich der Geruch nach Pfefferminze über den Lagerplatz. Davon wurde sogar der alte Abdullah wieder wach.

»Habt ihr schon die Geschichte von dem verzauberten Kamel gehört?«, fragte er die anderen und dabei bemerkte er nicht den

Blick, den der Märchenerzähler Abouli zuwarf, und auch nicht, dass ihm der Junge zuzwinkerte.

»Es war einmal ein junger schöner Prinz mit dem Namen Ali«, begann Abdullah seine Erzählung. »Eines Nachts stahl ihm ein Dieb sein Lieblingskamel. Da lief Ali zu seiner Patin, die eine Fee war, und bat sie, ihn in ein Kamel zu verwandeln. Sobald ihm die Fee seinen Wunsch erfüllt hatte, machte er sich an die Verfolgung. Zuerst begegnete er einer Gazelle. ›Hast du mein Lieblingskamel gesehen?‹, fragte er sie. Doch gerade, als ihm die Gazelle antworten wollte, stürzte sich der rabenschwarze Vogel Greif vom Himmel herunter auf sie und schleppte sie davon. Aus seinem Schnabel tropfte Blut. Prinz Ali machte sich gleich an die Verfolgung. Er überquerte ein weites Geröllfeld, plagte sich über hohe Sanddünen und durch ein ausgetrocknetes Flussbett. Es war entsetzlich heiß, er hatte nichts zu trinken dabei und der Magen knurrte ihm vor lauter Hunger. Tagelang dauerte die Verfolgung, vielleicht auch Wochen. Manchmal bliesen ihm die Windgeister winzige Sandkörner in die Augen, sodass er fast nichts mehr sah. Der von der Sonne erhitzte Boden verbrannte ihm die Fußsohlen. Der Mond nahm zu und wieder ab. Beinahe hätte Ali vor Erschöpfung aufgegeben. Schließlich verschwand der riesige Vogel in den Schluchten eines Felsengebirges. Doch als der Prinz hoffte den Räuber nun endlich einholen zu können, war jener nirgends mehr zu sehen. Dort, wo er hätte sein müssen, entdeckte er plötzlich das gesuchte Kamel. Neben ihm fraß eine weiße Kamelstute die Blätter von den Ästen eines Kameldornbaums. ›Hast du eben den Vogel Greif gesehen?‹, fragte der verblüffte Ali sein Lieblingskamel. Doch dieses blickte nur rasch auf die Gefährtin an seiner Seite und schüttelte den Kopf. Da erkannte der Prinz, dass sich der Vogel Greif in das weiße Kamel verwandelt hatte, denn sein Maul war blutverschmiert. Von der Gazelle war nichts mehr zu sehen. Mit der Hilfe seiner Patin, der Fee, nahm Ali rasch wieder seine menschliche Gestalt an und warf einen Strick um den Hals des fremden Kamels. Sofort verwandelte es sich vor seinen Augen in eine wunderschöne Prinzessin. Ihre pechschwarzen Haare wurden mit einem blutroten Band zusammengehalten und ihre Augen glichen den Augen einer Gazelle. Überglücklich nahm Ali das Mädchen mit nach Hause und sie feierten Hochzeit.«

»Das war eine aufregende Geschichte«, stellte Suleiman fest und zwinkerte Abouli zu. »Eine sehr aufregende sogar.« Da zog sich Abouli schnell seinen Schleier über die Nase, damit niemand sah, dass er lachen musste.

»Irgendwie kommt sie mir bekannt vor«, murmelte Khalid. Aber es war ihm zu heiß, um länger darüber nachzudenken.

Später, als Suleiman Wasser aus dem Brunnen schöpfte, war Abouli ihm dabei behilflich.

»Jetzt weiß ich, wie es kommt, dass in vielen Geschichten ein Pferd bis zu den Sternen fliegen kann oder ein Flaschengeist in einer Nacht einen Palast erbaut, einen Schatz entdeckt und einen Unhold besiegt. Jetzt weiß ich, wie es kommt, dass aus einer ganz gewöhnlichen Geschichte eine phantastische wird.«

»Das ist gut«, erwiderte der Märchenerzähler. »Dann bist du viel klüger als andere Menschen.«

Thienemann Taschenbuch bei OMNIBUS

Kinderbücher
zum
Lesen und Vorlesen,
zum
Sammeln und Verschenken,
zum
Nachdenken und Träumen

Robert Bolt • Michael Bond • Achim Bröger
Michael Ende • Josef Göhlen • Sigrid Heuck • Tanja Kinkel
Max Kruse • Boy Lornsen • Ulrich Mihr
Otfried Preußler • Tor Seidler • Tina Spiegler
Ursula Wölfel • Elisabeth Zöller

OMNIBUS